倾城

中国历史上的30位女性

高晓春 著

北方联合出版传媒（集团）股份有限公司
春风文艺出版社
·沈阳·

图书在版编目(CIP)数据

倾城:中国历史上的30位女性/高晓春著.—沈阳:春风文艺出版社,2023.1
ISBN 978-7-5313-6342-2

Ⅰ.①倾… Ⅱ.①高… Ⅲ.①散文集—中国—当代 Ⅳ.①I267

中国版本图书馆CIP数据核字(2022)第179283号

北方联合出版传媒(集团)股份有限公司
春风文艺出版社出版发行
沈阳市和平区十一纬路25号 邮编:110003
辽宁新华印务有限公司印刷

责任编辑:姚宏越	责任校对:张华伟
封面设计:黄 宇	幅面尺寸:130mm×203mm
字 数:131千字	印 张:7.5
版 次:2023年1月第1版	印 次:2023年1月第1次
书 号:ISBN 978-7-5313-6342-2	
定 价:40.00元	

版权专有 侵权必究 举报电话:024-23284391
如有质量问题,请拨打电话:024-23284384

前　言

相传，伏羲的母亲华胥，在一个叫雷泽的地方，踩了巨人的脚印而怀上伏羲；炎帝的母亲女登，一日出游晚归，被神龙缠身，感应有孕，生下炎帝；黄帝的母亲附宝，晚上独自在河边散步，一道神秘的光带垂直从星河中冲了下来撞入身体中，怀上了黄帝……

上古之初，人类很多方面还处在懵懂状态。他们神化女人怀孕、生孩子的过程，还认识不到男人在人类自身繁衍中的作用。此时的女人，掌管着物质财富的生产和分配，决定着族群的延续和繁衍，她们在男人的心目中是神一样的存在，被男人们奉为"女神"。女娲就是华夏先民心目中的第一位女神。

那个时候，生产力水平十分低下，人类在与大自然的共生共荣中，只能靠天吃饭：女人们采集果实，她们得心应手，凭着与生俱来的耐心和细致以及灵巧的双手，时常以自己的劳动成果令男人们汗颜；男人们靠石块和棍棒与猛兽搏斗，往往被撕咬得遍体鳞伤，有时甚至被活活吃掉。女人在族群或部落中的地位因此得以不断地巩固和提高。

随着时间的推移，男人们逐渐认识到，人口的繁衍其实不单是女人的功劳，男人也起到不可或缺的作用。此后，剩余产品出现，私有制产生。男子的先天优势也显现出来了：男子是战争中的主要力量，他们将俘获的俘虏变成奴隶，自己成为奴隶主。在男人们取得部落或族群的领导权之后，女性崇拜渐渐演变成男性崇拜，从而进入父权时代。

《淮南子·本经训》中记载："昔者，仓颉作书而天雨粟，鬼夜哭。"相传，仓颉造字成功时，发生了怪事，那一天白日竟然下粟如雨，晚上听到鬼哭狼嚎。为什么下粟如雨呢？因为仓颉造成了文字，可用来传达心意、记载事情，自然值得庆贺。但鬼为什么要哭呢？有人说，因为有了文字，民智日开、民德日离，欺伪狡诈、争夺杀戮由此而生，天下从此永无太平日子，连鬼也不得安宁，所以鬼也哭了。我选择不相信这个传说，我更不相信的是：掌握了绝对话语权的男人们是通过文字给女人们施下了一道魔咒，让女人们心甘情愿地屈从于自己卑下的地位。

尧舜禹时代的娥皇、女英是母仪天下的典范，虽然她们不具备那个时代的普遍性。之后的时代确实出现过比男人更强大的女英雄，比如，商朝中兴之君武丁最倚重的大将，也是他的妻子妇好。妇好是商王国北部部落的公主，有着非同一般的出身和见识，她是中国历史上有据可查（甲骨文）的第一位女性军事统帅，同时也是一位杰出的女政治家。这样的女性在历史上是罕见的。

时间继续向前奔跑。为了巩固和强化男性的支配地位，统治者又制定出一系列宗法伦理的规条，女性地位全面低落，沦为男子的附庸。《诗经》里有："乃生男子，载寝之床。载衣之裳，载弄之璋。其泣喤喤，朱芾斯皇，宜家君王。乃生女子，载寝之地。载夜之裼，载弄之瓦。无非无仪，唯酒食是议，无父母诒罹。"如果生下男孩要让他睡在床上，穿着衣裳，给他玉璋玩弄。听他那响亮的哭声，将来一定有出息，地位尊贵。起码是诸侯，说不定还能穿上天子辉煌之服。如果生下女孩，就让她躺在地上，裹着褓褓，玩着陶纺轮。女孩长大后一定是一个干家务的好手，既不让父母生气，又善事夫家，被人赞许为贤妻良母。

春秋战国时期，周王室推行的主流价值观是"定贵贱，明尊卑"的周礼，女性被定为卑贱的一方。但周天子只是名义上的共主，无法强行实施。所以当时女性的实际情况是"卑而不贱"。中国四大美女之首西施为越王勾践最终战胜吴王夫差做出了杰出贡献，如果没有西施，吴国和越国谁赢谁输还真不好说。西施最终是被越王装进袋子投入水中溺水而亡了，还是跟着范蠡泛舟五湖了？我们还在猜想。

那个时候，在婚姻方面，女性可以再嫁，舆论并不认为可耻。商鞅变法之后，秦法有明文规定：如果丈夫与人通奸，妻子可以杀死丈夫；丈夫殴妻和妻子殴夫同等处罚。秦惠文王崩逝后，他的宠妃芈八子，改嫁义渠王并生育两子，但她依然受到世人称赞。

秦汉女性相对还是比较开放的，儒家礼教的对女性的禁锢教条尚在初级阶段，虞姬为爱情自刎（不是礼教对女性的禁锢），卓文君与司马相如的私奔都发生在秦汉时代。我们还不能不提吕后专权的历史。汉并天下后，吕后协助刘邦剪除异姓诸侯王，力促刘邦处死韩信，夷灭彭越宗族。汉惠帝死后，吕后临朝称制八年，汉朝这种所谓"母党专政"，从一个侧面提升了女子的社会地位。

公元前134年，董仲舒建议"罢黜百家，独尊儒术"，并提出"三纲五常"的儒家道德标准，汉武帝大为赞赏，并将其推行为国策。女性的个人自由和财产权被极大地压抑。

汉武帝是西汉第五位皇帝，在霍去病"封狼居胥"之前，汉各代帝王为了休养生息，只能被迫采取屈辱的和亲政策，同时每年还要源源不断地给匈奴送去大批生活物资。细君公主远嫁乌孙首领猎骄靡，解忧公主远嫁军须靡和他的弟弟翁归靡，她们坚韧地维系着汉帝国与乌孙及西域诸国的联盟。汉元帝时期是西汉巅峰时期。那时候，呼韩邪的南匈奴，已远非昔日神勇无敌的大匈奴，他们"一边倒"温和亲汉。公元前33年呼韩邪自请为婿。汉元帝"爽快地"答应了这门政治联姻，把王昭君嫁给了呼韩邪。文成公主嫁给松赞干布也同样是强大唐朝与吐蕃的政治联姻。

汉朝女子的尊贵也使女子在婚姻关系和家庭生活中占据较高地位。当然，这些尊贵的女子都不是普通人家的女子。据《后汉书·宋弘传》记载，汉光武帝时，湖阳公主新寡，刘秀便问她："心中可有中意郎君？"湖阳公主说："宋公威容德器，群臣莫及。"表示对大司空宋弘德才与仪表的爱慕。尽管刘秀愿意撮合她们，但宋弘则以"臣闻贫贱之知不可忘，糟糠之妻不下堂"加以拒绝。湖阳公主的一厢情愿虽没有结果，但她敢于主动追求有妇之夫的行为，真实反映了当时女性追求幸福婚姻生活的社会风尚。

汉乐府名篇《孔雀东南飞》中，刘兰芝被焦家赶走后，当地太守马上派人迎娶，并下了巨额聘礼，更说明汉朝并不歧视再嫁女性。当焦仲卿和刘兰芝殉情后，两家受到了强烈社会压力，将他们合葬。可见，政府强制推广的道德规范，并未彻底改变民众的观念。

三国时期，女人可以改嫁，曹丕的皇后，刘备的皇后，都是改嫁的。曹操和原配夫人离婚后，也允许她改嫁（当然，没人敢娶）。

在群雄割据的乱世中，有大乔和小乔这样的国色流离，有无愧三国第一美女称号的"间谍"貂蝉，有被演绎成洛神的曹丕皇妃甄宓，这些美丽的女人，为金戈铁马的岁月，多少添上了几笔暖色。还有一生三嫁的以才华著称的蔡文姬……从秦汉到三国两晋，三从四德不知道能不能算是伪命题？

魏晋是历史上精神自由、解放、热情的朝代。士族的兴盛，同时也打破了汉武帝以来"罢黜百家、独尊儒术"的局面，玄学随之兴起，儒家男尊女卑的观念受到冲击，女性的束缚相对减轻，魏晋女性呈现出一种前所未有的精神风貌。她们突破"三从四德"礼教纲常的束缚，大胆彰显自己的个性和才情。这一时期，催生了许多才女，据《隋书·经籍志》记载，魏晋时期能诗善赋的女性很多，如谢道韫、卫夫人等。其中谢道韫最为世人所推崇。有"咏絮之才""林下风气"的谢道韫不仅文采斐然，更有手持长剑、身先士卒、迎战强敌的勇气。

隋唐是中国封建王朝最为繁盛和开放的朝代，是中国封建社会的最高峰。在这个中国少有的开放时期，汉族是以汉族为父系、鲜卑为母系的新汉族，唐文化体现出来的便是一种兼容并包的大气派，生活在这一时期的女性地位自然也不同于其他封建朝代的女性。

隋文帝对独孤伽罗这位爱妻是既宠爱又信服，几乎是言听计从，宫中也同尊帝后为"二圣"；著名的女皇帝武则天，本是唐太宗的才人，后来被高宗立为皇后；而深受唐玄宗宠爱的杨贵妃，本是他的儿媳；被唐太宗李世民指婚房遗爱的高阳公主，爱上了玄奘的高徒辩机和尚；还有发明了薛涛笺的名妓薛涛，爱上小她11岁的朝廷要员元稹……这些在今天看来都不太可能发生的事情，在那个时代可以说是稀松平常。

唐朝女性在家庭生活中拥有一定的法定继承权，女性可以单独为户主，具有较为独立的经济地位，在社会生活的许多方面发挥着作用。开放的社会风气，发达的自由市场，使得女性能自由从事商业。唐初宰相马周的妻子是"个体户"；唐朝"船后"俞大娘在丈夫死后，接管了生意，不仅贩卖茶叶，还经营船运物流。

五代十国时期是唐宋变革的重要过渡期，虽然时间短暂，但这一时期上承唐中叶以来的变革大潮，下启赵宋社会发展趋势，社会发生了巨大变化。在政治、经济、文化、社会等各个方面都具有承上启下的作用。没有五代十国时期的发展，就没有宋代经济与文化的繁荣。南唐后主李煜的命运实在是不佳，江山在他手里失去，他的大周后多才又美丽，但只做了4年皇后就得重病离世。大周后的妹妹4年后成为我们熟悉的小周后，小周后嫁给李煜的时候，南唐国势早已是江河日下。李煜为了不使金陵成为涂炭战场，写罢降表，肉袒出城投降，以换取百姓平安。到了大宋的李煜已经做不了什么了，只能垂泪对宫娥。这个被誉为"词中之帝"的李煜，最后不仅连小周后无法保护，自己也被灌下了牵机药，痛苦死去。

一个时代结束了，另一个时代蓬勃而起。随着宋明理学的出现，进一步束缚女性的礼教开始兴起。唐代女性生活的奔放被认为是要对唐代灭亡负责的"礼崩乐坏"，程朱理学被奉为官学，强调男尊女卑，"饿死事小，失节事大"。

也是在这个时期，对女性的一大桎梏——缠足，开始盛行起来。我很难想象李清照缠足是什么样子，她带着一车车书籍和文物，一双小脚怎么跑得快跑得急？怎么能跟得上南逃的皇帝？有学者表示，相对明清来说，宋朝对女性的约束、限制并不多，女性相对自由。我不这么认为，李清照的第二段婚姻是嫁给张汝舟，李清照哪里受得了张汝舟的自私与拳脚？她要离婚。但宋朝律令规定：女子要休夫，无论对错，都要坐牢三年。相对而言，唐琬是幸运的，被夫休后，再嫁的丈夫也疼爱她。

比起汉族来说，契丹族的女人更能掌握自己命运。契丹不同于其他中原地区的民族，其延续了东胡族"凡事只从妇谋"的传统，也就是说，契丹族的女人有权利参与社会中的一切事务，而不单单只局限在家庭内院相夫教子、刺绣做羹。特别是作为后宫之首的皇后，为了自己家族的利益，她们也会打好自己手中的权力之"牌"，尽心尽力辅佐好皇帝。后宫妃子参政干政，在其他朝代是不被允许的，但在辽代，这种现象非常自然，并且普遍存在。

不过，当上皇后妃子的女人，光有家族的势力是远远不够的，后妃要想参政获得实权，其自身能力也是一个重要的条件。"辽以鞍马为家，后妃往往长于射御，军旅田猎，未尝不从。"由此可见，辽代后妃，尤其是契丹后妃，都是堪比男儿的骑射好手，这也造就了她们果敢的性格，并能在政治上取得一定的成就。辽太后萧燕燕就是其中最杰出的代表。

明清两代的统治阶级大肆鼓吹程朱理学，甚至对之进行歪曲，最终引来了灾难性的后果。明清时期对贞节观念极端倡导，男子可以任意"休妻""出妻"，女子却只能忍受。这一时期，儒家的重妇德、重贞节的观念与纵欲主义并存；压迫妇女的传统观念与尊重女性的进步思潮形成对立；贞节观念的加深与中国名妓的层出不穷形成了截然不同的两种体系。最终，那个时代的中国形成了一种近乎变态的贞节观。

但是，在时代的滚滚红尘中，都有为婚姻幸福而奋斗的有志者。"秦淮八艳"之一的柳如是，幼时被掠卖为妓女，常年辗转于江浙金陵之间。在松江时，柳如是和复社、几社、东林党人交往，身穿男装纵谈时事；她景慕南宋抗金女将军梁红玉，表现出深厚的家国情怀和政治抱负。明亡后，她劝丈夫钱谦益一道就义赴死，却被钱谦益强行拖住。

后来钱谦益出仕，柳如是拒绝一同上任，还多次传信给丈夫不要为清朝卖命。在她的影响下，钱谦益做了半年官就称病辞去官职。她还鼓励钱谦益与尚在抵抗的郑成功、张煌言、瞿式耜、魏耕等人联系，自己也尽全力资助并慰劳抗清义军，展现出毫不屈服的民族气节。

王国维曾为柳如是题诗，说屈膝变节的士大夫比她不如；徐天啸评价她："其志操之高洁，其举动之慷慨，其言辞之委婉而激烈，非真爱国者不能。"柳如是凭借不凡的文才、宽广的心胸和崇高的品性，成为可以与时代最杰出的男性比肩的女中豪杰。

我总觉得陈圆圆是无辜的。她大概如我们普通女子一样，本想依靠如意郎君，或风花雪月或柴米油盐地安度一生，却偏偏被抛到风口浪尖，仿佛举手投足都可能影响到历史天平的倾斜。她哪能担得起这么重的责任？她爱吴三桂的时候，吴三桂还是大明王朝的顶梁柱呢，谁料之后却不仅替吴三桂背了降清的黑锅，也替明朝的覆灭背了黑锅。

董鄂妃是个奇女子，她不仅能左右一国之君的心，还能影响一国之君的生与死。

从上古时期到封建社会结束，除了最初的母系社会，如女娲是人们心目中的"女神"之外，进入父权时期漫长的奴隶社会和封建社会，女人受男人的主宰是全方位的，由体态心理到伦理道德、意识形态乃至整个历史，女性几乎被推至历史的幕后，她们的意识被遮蔽，权利被剥夺，女性成为了历史的盲点。

再费些笔墨说说上古时代的女神们。她们几乎都出自名门望族，这是中国神话谱系的重要特征。中国历史上最可歌可泣的女神是娥皇和女英。她们是尧帝的两个女儿，又是舜帝的爱妃，刘向的《列女传》记载，她们曾经帮助大舜机智地摆脱弟弟象的百般迫害，成功地登上王位，事后却鼓励舜以德报怨，宽容和善待那些死敌。她们的美德因此被记录在册，受到民众的广泛称颂。

《高唐赋》里说巫山神女是炎帝的第三个女儿，名叫瑶姬，《太平广记》则说她是西王母的第二十三个女儿。瑶姬尚未出嫁就夭折了，葬于巫山南坡，被称为巫山之女，生前没有任何惊天动地的事迹，死后却洋溢着罕见的人性光辉。当年楚怀王出游巫峡，她愿荐枕席，楚襄王求爱，神女却欢情未接。

上古大神伏羲的小女儿洛神宓妃以美貌著称，宓妃在洛水游玩时溺水而死，但她没有像炎帝的小女儿精卫那样化为厉鸟，以衔石填海的方式展开复仇行动，而是转型为主管洛河的水神。宓妃的动人之处，不仅在于聪明理性，而且还在于她的美艳性感。王逸《楚辞章句》中说："宓妃佚女，以譬贤臣"。这一传说强化了宓妃的风流语义，令她成为众多文人的"意淫"对象。楚国大诗人屈原在《离骚》中对宓妃进行了道德批评，可见对以汤禹、武丁、周文王等为典范的屈原来说，宓妃并不符合他的道德评判标准。

娥皇女英、巫山神女、洛神宓妃的出现，在中国历代诗文中，慢慢积淀成为一种排解不开的神女情结，而文人心中的这种情结是丰富而深刻的。

回首岁月的长河，人类文明的诞生已经有几千年历史。本书一共叙写了30位女性，她们或者是传说中的女神，或者是才女、美女，或者是掌握最高权力的执政者。她们都不是普通女性，关于她们的叙述，可以映照她们那个时代的足迹。

几千年来女性地位的变迁，实则就是一部中国政治、经济、文化的发展史。

目　录

女　娲　　　　　　　001

娥皇　女英　　　　　006

西　王　母　　　　　014

巫山神女　　　　　　022

洛　神　　　　　　　029

西　施　　　　　　　037

虞　姬　　　　　　　044

吕　雉　　　　　　　050

卓　文　君　　　　　059

王　昭　君　　　　　066

貂　蝉　　　　　　　075

大乔　小乔　　　　　082

蔡　文　姬　　　　　090

谢道韫	097
独孤伽罗	104
文成公主	112
高阳公主	118
武则天	124
杨贵妃	144
薛涛	152
大周后　小周后	159
萧燕燕	170
李清照	177
唐琬	190
柳如是	197
陈圆圆	206
董鄂妃	212
后记	220

女　娲

　　远古时代，不同的文明中心，都用自己的创世神话来回答天、地、人是怎么形成的。希腊神话告诉我们"众神之神"宙斯创造了天地和万物。他的儿子普罗米修斯用泥土捏成泥人，又把许多动物的"善"与"恶"捏在一起成为心脏，女神雅典娜可怜那些半活的泥人，于是向那些泥人吹去气息，那些泥人便活起来了，他们渐渐布满大地，这就是希腊神话中人类的诞生。古埃及神话中的阿图姆神从原始之丘中诞生，然后生出了风神舒和雨神泰芙努特。舒和泰芙努特结合后生了大地神盖布和天空女神努特，创造了天地。盖布和努特结婚生了欧西里斯、艾西斯、赛特和奈芙蒂斯，创造出了人类。

　　中国的创世神话则有另一种神奇。大约在326万7000年以前，太阳系的地球上混沌一片，既分不清上下左右，也辨不出东西南北，整个世界就是一个中间有核的浑圆体。这个浑圆体孕育了我们的祖先盘古。又过了许多许多年，盘古终于从沉睡中苏醒。他受不了无尽的混沌与黑暗，急切间，拔下自己的一颗牙齿，把它变成威力巨大的神斧，抡起来用力向周围劈砍。

浑圆体破裂了，沉浮成两部分：一部分轻而清，一部分重而浊。轻而清者不断上升，变成了天；重而浊者不断下降，变成了地。被打碎的浑圆体升而为群星，降而为矿藏。但这时候天还不够高，盘古还不能伸展他庞大的身体和四肢，他就用力双手撑天，双足踏地。就这样，天每日升高一丈，地每日增厚一丈，又经过了1万8000年，天变得极高，地变得极厚，盘古的身体也变得极长。盘古就这样与天地共存了180万年。

伟大的盘古在自己开辟的天地里终于寂寞地死了。盘古倒下时，头化作东岳泰山，脚化作西岳华山，左臂化作南岳衡山，右臂化作北岳恒山，腹部化作中岳嵩山。从此人世间有了阳光雨露，大地上有了江河湖海。

没有盘古的天地变得更寂寞了，虽然有了阳光雨露江河湖海。又不知道过了多久，中华民族的始祖女娲终于出现了。在我们的神话中，女娲是蛇身人面阴柔的母性形象，她来自盘古开辟的天地之间。苏叔阳先生说：

"她不是天神，而是中国人心目中人类的老祖母。"

不知道又过了多少年，女娲实在忍受不了只有星辰大海鱼鸟飞虫的世界了，她按照自己的样子，用泥巴捏了一个人，奇迹出现了，这个小泥人一落地，便生龙活虎地喊"妈妈，妈妈"，女娲太高兴了，她不停地捏着，无数的泥人喊着"妈妈，妈妈"。然而，她实在太累了，就用藤蔓一挥，没想到，这些小泥点子掉到地上也变成了人。女娲想得很远，为了解决人类延续问题，女娲把那些小人儿分为女孩和男孩，让他们长大后配合起来，自己去创造后代。女娲造人，如同一条不断流淌的泉水，一路唱着欢歌不断向前，使后人读来仿佛置身于那个生命初创的原始世界中，感受着人类诞生后的欢欣与愉悦。

又不知道过了多少年。那一年，火神祝融和水神共工打起仗来。共工战败，向天边逃去。祝融紧紧追赶，共工无奈，一头撞向不周山。天塌下半边来，砸出了很多窟窿，地也被砸裂了，天河上的水不停地漏下来，造成大地上的水患。天破之后，不断有陨石和天火从破裂的天洞中落下，大地上的人类不是被陨石砸死就是被大火烧死，人类面临着巨大的生存危机。

女娲看到人类东躲西藏、无处容身的惨象，心中十分痛惜。为了解救生灵，她日夜想办法。终于，她想到了用东海神龟的四只脚顶住天，又找来五色石块炼出五彩晶石，把天的破洞一点点补起来，眼看着大功即将告成，但五色晶石却不够用——她知道，只要还有破洞，天就随时会崩裂，而万物亦从此永远生活在如同炼狱的大地之上。女娲痛苦地思考了很久，决定用自己的身体补上最后的大洞。所有的泥娃娃们听说后，都哭红了眼睛。

经过几次努力，女娲终于成功了。顷刻间，天地间恢复了宁静，还出现了五彩的云霞和彩虹。一切生物又都生机勃勃地活跃在大地上。

在不同文明的传说中，虽然细节表达不尽相同，但神话的框架却基本相似，令人难以理解的是：艺术源于生活，神话也应源于生活，不同生活、文化环境下的文明，为何创世神话会如此相似？

有学者分析，很多文明的发展之初，其实都有一些相似之处，就如同婴儿对"爸爸""妈妈"的叫法，全世界几乎一模一样。与众不同的是，世界上没有任何一个文明有与中华民族女娲补天类似的神话故事。

天破了，女娲去补，这是积极的抗争精神；五彩石不够，她舍身去补，这是无私的献身精神；泥娃娃哭红了眼睛,是不忍她用身体去补,是大悲大慈的菩萨心肠;等等。补天,历来是中华民族,特别是古往今来的仁人志士自觉担负起的社会道义。按神话源于生活的逻辑,它反映了中国先民自古就有了匡扶社稷、舍身补天的大局观。

伴随这个美丽的神话传说,从母系氏族社会开始,中华民族的文明旅程开始了。

娥皇　女英

娥皇和女英,是位于中国爱情史开端的两个女人,这是距今4000余年前的故事。

娥皇、女英出生于伊祁山(今河北保定顺平),姓伊祁氏。她们是五帝之一帝喾的孙女、唐尧伊祁放勋的一双女儿,美丽又聪慧。尧是帝喾的次子,因为尧从小就被封在唐地(今山西太原),所以尧也叫唐尧。

舜,历来与尧并称,为传说中的圣王。舜是姚姓,名重华,因为舜的封国是虞,所以又叫虞舜。舜家境清贫,经历坎坷。他在历山(今地不详,一说即今永济市境内的中条山)耕耘种植,在雷泽(旧说即山东济阴境内的古雷夏泽)打鱼,在黄河之滨制作陶器,在寿丘(今地不详)制作家用器物,还到负夏(今地不详)做过小本生意,总之生计艰难,颠沛流离,为养家糊口而到处奔波。

更为不幸的是,舜的父亲瞽(gǔ)叟,是个盲人,母亲很早去世。瞽叟续娶,继母生弟名叫象。舜的父亲心术不正,继母两面三刀,弟弟桀骜不驯。然而舜对父母不失子道,十分孝顺,与弟弟十分友善,多年如一日,没有丝毫懈怠。舜在家里人要加害他的时候,及时逃避;稍有好转,马上回到他们身边,尽可能给予帮助,所以是"欲杀,不可得;即求,尝(常)在侧"。身世如此不幸,环境如此恶劣,舜却能表现出非凡的品德。

相传舜在20岁的时候,名气就很大了,他是以孝而闻名的。因为能对虐待、迫害他的父母坚守孝道,所以在青年时代就被人颂扬。过了10年,尧向四岳(四方诸侯之长)征询继任人选,四岳就推荐了舜。

尧让舜参与政事,管理百官,接待宾客,经受各种磨炼。舜不但将政事处理得井井有条,而且在用人方面还有所改进。尧未能起用的"八元""八恺",早有贤名,舜使"八元"管土地,使"八恺"管教化;还有"四凶族",即帝鸿氏的浑敦、少皞氏的穷奇、颛顼氏的梼杌、缙云氏的饕餮,虽然恶名昭彰,但尧未能处置,舜将"四凶族"流放到边远荒蛮之地。这些措施的落实，显示出舜的治国方略和政治才干。

尧想将两个女儿嫁给舜。二女嫁舜，究竟谁为正室呢？尧和夫人争论不休。最后尧说，舜要迁往蒲坂，就命二女同时由平阳向蒲坂出发，哪个先到，哪个为正室。

娥皇、女英听了父王的话，各自准备向蒲坂出发。娥皇是个朴实的姑娘，她跨上一头大马飞奔前进。而女英乘车前往，并选了骡子驾车。正值炎夏，牲口浑身淌汗，路过西杨村北，遇到一条小溪。娥皇、女英停了下来，让牲口饮水解渴，以便继续赶路。在行进中，女英驾车的母骡突然临盆生驹，女英停了下来。这时的娥皇已经来到蒲坂。于是，尧宣布娥皇为正室。

娥皇和女英嫁给舜后，她们却并不以自己的身份自骄，她们是"公主"，是"下嫁"给一个穷小子。入乡随俗，躬耕劳作，孝敬公婆，还生了一个儿子叫商均。

舜的家庭比较复杂。爹爹瞽叟不仅是个盲人，人也糊涂。亲娘死得早，后娘又生了两个同父异母的孩子，弟弟名叫象，妹妹名叫敤（kě）手（民间传说手特别巧）。在这样的家庭里，做个好儿媳很难。即便这样，娥皇和女英对舜的一家还是很友好。遗憾的是，舜的后娘不容舜，总想方设法害他，以便象一个人继承家产。

有一年，因为舜的政绩突出，尧很高兴，便给了舜一些奖赏，其中，有布衣、牛羊和一把琴，还帮他建了一个仓廪。就是这些奖励，让后娘动了杀心，更要命的是，舜昏聩的爹瞽叟也参与到要自己儿子性命的行动中。

一次，瞽叟让舜上房顶用泥土修补谷仓。在干活之前，舜问两位妻子，二人想了想，就说，去吧，不过，一定要带上两个斗笠。舜并不明白两位夫人的意图，但还是乖乖带着斗笠爬上房顶干活去了。他刚上去，象就抽走梯子，放火烧屋。两个斗笠于是就派上了用场，舜一手拿着一个，从房上跳下来，毫发未损。两位妻子点到不说破，舜才明白她们的高明。

又有一次，瞽叟叫舜去挖井，等舜挖到深处时，弟弟象就急急忙忙取土填井。幸运的是，两位妻子提前让舜在水井的侧壁凿出一条暗道，才捡回了性命。

填完井后，象以为舜必死无疑，就跟爹娘说："这主意可是我出的。"然后很慷慨地说："舜的两位妻子，还有尧赐给他的琴归我，牛羊和谷仓就归父母吧。"

当象迫不及待跑到舜的屋子里玩弄舜的琴时，舜从外面走了进来。象很惊愕，也很尴尬，马上摆出一副闷闷不乐的样子，脸也不红地说："我正想念你呢，想得我心好闷啊！"舜说："是啊，你可真够兄弟呀！"史书上说，经历过这些洗礼，舜依然宅心仁厚，还如从前一样侍奉父母，友爱兄弟。

由于娥皇和女英的帮助，舜脱离一个个险境。后世也在《列女传》里将她们列入"母仪传"第一，称"二妃德纯而行笃（行为忠诚厚道而又严肃认真）"，甚至搬出《诗经》里"不显惟德，百辟其刑之"（有德之圣贤，诸侯近而拜服）这样的话赞赏她们。舜的宽容也感化了父母兄弟，四海八荒都在传颂舜的贤德。

经过多方考验，舜终于得到尧的认可。尧选择吉日，举行大典，禅位于舜，《尚书》中称为舜"受终于文祖"。

尧，"三皇五帝"之一；舜，"三皇五帝"之一。娥皇和女英同嫁虞舜为妻。谁有这样的运气，父为帝，夫也为帝；谁又有这样的运气，在父顽、后母嚚、弟劣，并曾多次欲置虞舜于死地时，终因妻子的帮助而脱险？

尧与舜是中国上古时期，最具美德与智慧的统治者，被后世的人们视为典范。托了父与夫的名声，娥皇和女英也成为中国古代最早有姓名的女子。

舜执政之后，与娥皇和女英度过了一段美好的时光。晋代王嘉的《拾遗记》称，他们泛舟海上，船用烟熏过的香茅为旌旗，又以散发清香的桂枝为华表，并在华表的顶端安装了精心雕琢的玉鸠，据说，这是已有记载中最古老的风向标。

舜出台一系列重大政治措施，使得中华大地出现一派励精图治的气象。他继位当年，就到各地巡守，祭祀名山，召见诸侯，考察民情；还规定以后五年巡守一次，考察诸侯的政绩，赏罚分明；他重新修订历法，又举行祭祀上天、祭祀天地四时、祭祀山川群神的大典。

舜的治国方略还有一项是"象以典刑，流宥五刑"：在器物上画出五种刑罚的形状，起警诫作用；用流放的办法代替肉刑，以示宽大。

那时，湖南九嶷山上有九条恶龙，住在九座岩洞里，经常到湘江来戏水玩乐，以致洪水暴涨，庄稼被冲毁，房屋被冲塌，老百姓叫苦不迭，怨声载道。舜关心百姓的疾苦，得知恶龙祸害百姓的消息后，饭吃不好，觉睡不安，一心想要到南方去帮助百姓除害解难，惩治恶龙。

舜带着人马去九嶷山了。娥皇、女英也在家日夜为他祈祷，期盼他早日胜利归来。可是，一年又一年过去了，燕子来来去去了几回，花开花落了几度，舜依然没有回家。她们二人思前想后，与其待在家里，不如前去寻找。娥皇和女英于是冒着风雪，跋山涉水，向着湘江的方向走去。

不知过了多少个春夏秋冬，她们终于来到了九嶷山。她们找遍了九嶷山的每个山村，踏遍了九嶷山的每条小径。这一天，她们来到了一个名叫三峰石的地方，这儿耸立着三块大石头，翠竹间，有一座珍珠贝垒成的高大坟墓。她们感到惊异，便问附近的乡亲："是谁的坟墓如此壮观？"乡亲们含着眼泪告诉她们："这是舜帝的坟墓，他老人家从遥远的北方来到这里，帮助我们斩除了九条恶龙，人民过上了安乐的生活，可是他老人家却受苦受累病死在这里了。"

娥皇和女英听后抱头痛哭。她们的眼泪，洒在了九嶷山的竹子上，竹竿上便呈现点点泪斑，有紫色的，有雪白的，还有血红血红的，这便是湘妃竹。

《红楼梦》里黛玉在旧帕上所题"彩线难收面上珠，湘江旧迹已模糊。窗前亦有千竿竹，不识香痕渍也无？"正是用了湘妃哭舜、泪染斑竹的典故。

流水远逝，正像丈夫一去不返一样。远望着芦苇无边，江雾苍茫，伤痛不已的娥皇、女英想，没有舜，她们怎么活呢？九嶷山离家太远，她们掂量着自己的体力，大概是走不回去了。她们相互看了一眼，又看了看湘江，没有犹豫，牵着手跳入江里。

历史上的娥皇和女英并没有留下更多的事迹，死后却被演绎成了湘君、湘夫人，她们的故事在漫长的转述过程中失去了原本的真实，但这并不耽误文人墨客们追思她们的身影。

唐尧虞舜时代是以天下为己任的父系社会时代，也是英雄辈出的时代。娥皇和女英跟在英雄的背后，当然也与男人们一起舍小利而顾民族宏图大业，为了天下太平，她们甚至舍出自己丈夫的生命。与轩辕黄帝的妻子嫘祖与嫫母一样，娥皇和女英也被世代华夏儿女颂赞。

娥皇、女英成就了舜的大业。她们是两片绿叶，映衬着舜的璀璨；她们是两朵鲜艳的花，渲染着上古先人的辉煌；她们更是飘扬在妫水河畔（帝舜初都）的两缕千秋流芳、缭绕不去的香魂。

记录她们功绩的，还有九嶷山的斑竹，她们的泪痕，4000年来，摇曳至今。

西 王 母

茅盾先生认为神话是"一种流行于上古民间的故事,所叙述者,是超乎人类能力以上的神们的行事,虽然荒唐无稽,但是古代人民互相转述,却信以为真"。在中国古代众多的上古神话传说中,西王母是仅次于女娲的存在,是众女仙之首,是掌管不死仙药、掌管罚恶预警灾厉的长生女神。汉代的谶纬神学古籍中,多次记载西王母显圣遣使下凡,曾经派她的徒弟九天玄女,帮助黄帝打败蚩尤。

西王母,也称王母娘娘,她最早被记载于《山海经》之中的形象,与伏羲、女娲差不多,有着原始的混沌性,农历七月十八日是西王母的诞生日,不过,也有农历三月三日才是她生日的说法。

看过《西游记》就知道,取经路上为害一方的妖怪，多半都有过硬的后台——修炼到一定境界、隐居幕后的各路仙家。其实这些仙家，有些也是由妖怪"进化"而来的。雍容华贵的西王母，虽然在天庭地位崇高，但几千年前，她也只是蛮荒之地凶恶的半兽人。

倘若不特意追溯西王母的原型，应该都会说她是居住在昆仑山上，居所下有"弱水之渊"环绕，旁有"炎火之山"相对，环境十分险恶。穷山恶水出妖怪，西王母的面貌当然也不会那么良善。

西王母长什么样子？《山海经》里写："西王母其状如人，豹尾，虎齿，善啸，蓬发戴胜。"翻译过来是："西王母的形貌与人一样，却长着豹子一样的尾巴和老虎一样的牙齿，而且喜好啸叫，蓬松的头发上戴着玉胜。"西王母分明就是妖怪啊！但是，看官莫急，上古神的形象普遍都是半人半兽，翻遍《山海经》，你也找不出一个完全人形的神来，创世造人的女娲尚且是人首蛇身，西王母就不能豹尾虎齿了？

西王母豹尾虎齿的形象十分独特但有据可依，我国马家窑文化出土的虎装人形彩陶装饰和青海乐都柳湾出土的人虎特征并存的彩陶壶都证明了远古先民对人虎结合特征的重视。

随着时间的流逝，众多文化开始出现融合，在过渡时期，西王母形象逐渐从"豹尾，虎齿"的外观更换至"人形"，并逐渐与中原的文化礼仪结合，甚至与特定的历史人物产生关联，崇高的地位逐渐稳固，神仙关系图亦逐渐确立，不变的是，居处的位置仍是在西方的昆仑山。

公元三世纪，魏晋时期一个叫不准的盗墓贼，准确挖中战国时期某任魏君的墓，出土了许多竹简，其中一部重要著作"汲冢书"，即《竹书纪年》，里面记载了西王母与周穆王的故事。这个时候的西王母已经不是"豹尾，虎齿"了，她变成帝胄出身且多情的贵妇人，与穆天子一起演绎了一场没有结果的爱情故事。

穆天子，即周穆王（？—前922），姬姓，名满，周昭王之子，西周第五位君主，传说在位55年，是西周在位时间最长的周王。其在位期间曾征犬戎、伐徐戎、作甫刑，是一位留下了很多传奇故事的上古君王。

《穆天子传》记载，周穆王以擅长制造的造父为车夫，乘八匹神马（赤骥、盗骊、白义、逾轮、山子、渠黄、骅骝、绿耳），往返3.5万里，历时543日，西征遨游极西之地。他穿越天山，登昆仑，于癸亥这一天，到达了西王母的邦国。第二天，也就是甲子日，周穆王宾于西王母（宾礼是西周五礼之一，是非常隆重的接待宾客的礼仪），手执白圭玄璧，并赠送西王母锦组百纯、素组三百纯，西王母很恭敬地拜受了这些礼物。又过了一天，即乙丑日，周穆王约西王母在瑶池喝酒，谣歌唱和。

西王母唱道："白云在天，丘陵自出。道里悠远，山川间之，将子无死，尚能复来？"（白云悠悠，在山间缭绕。道路悠远，山重水复，如果你能活着，你将来还会再来吗？）周穆王答道："予归东土，和治诸夏。万民平均，吾顾见汝。比及三年，将复而野。"（等我回到东土，将国家治理好了，就再来见你，三年为期）西王母又唱道："徂彼西土，爰居其野。虎豹为群，於鹊与处。嘉命不迁，我惟帝女。彼何世民，又将去子。吹笙鼓簧，中心翱翔。世民之子，惟天之望。"（我在这荒凉的西土，与虎豹为群，与鹊鸟相处，只因为我是天帝的女儿，受天之嘉命，守在这里，不能迁移。你现在又要离开我，回去治理你的人民，我只能吹笙鼓簧来欢送你，我的心也随着你一起飞翔。你是世间的天子，一定会受到上天的护佑）周穆王很感动。于是登上弇山，勒石为记，铭曰"西王母之山"，并在边上种了一棵槐树。

他们约定三年后再见，周穆王却终究没有再去昆仑山。三年之后的又一年，西王母抛下女神的自尊去了周，周穆王也在昭宫中盛宴招待了西王母。可是周穆王却没有提起要和她一起修仙的事情，感情受到伤害的西王母回到了昆仑山。

西王母是怎么成为王母娘娘的？这要从《淮南子》里大羿曾经去跟西王母请不死之药说起。

"逮至尧之时，十日并出。焦禾稼，杀草木，而民无所食。"远古时候天上有10个太阳同时出现，晒得庄稼枯死，民不聊生。一个名叫大羿的英雄，力大无穷，他同情受苦的百姓，拉开神弓，一口气射下9个太阳，并严令最后一个太阳按时起落，为民造福。

大羿妻子名叫嫦娥。大羿除传艺狩猎外，终日和妻子在一起。不少志士慕名前来投师学艺，心术不正的逢蒙也混了进来。

有一天，大羿听说西王母有不死之药，就跋山涉水来到遥远的昆仑山，拜见了西王母。西王母佩服大羿是个英雄，就给了他一包不死药。西王母说，服下此药，能即刻升天成仙。

然而，大羿舍不得撇下妻子，暂时把不死药交给嫦娥珍藏。嫦娥将药藏进梳妆台的百宝匣。三天后，大羿率众徒外出狩猎，心怀鬼胎的逢蒙假装生病，没有外出。待大羿走后不久，逢蒙持剑闯入内宅后院，威逼嫦娥交出不死药。嫦娥知道自己不是逢蒙的对手，危急之时，她转身打开百宝匣，拿出不死药一口吞了下去。嫦娥吞下药，身子立时飘离地面、冲出窗口，向天上飞去。由于嫦娥牵挂着丈夫，便飞落到离人间最近的月亮上成了仙。

不死之药，这四个字太诱人了，特别是帝王还有宗教人士都趋之若鹜，对道教来说不死不就是成仙了吗？所以炼制不死药的西王母，肯定比一般的仙更高一级吧。汉朝道教开始兴起，道士们急需建构自身的神族谱系，便看上了这位上古神话中的不死药之主，将她捧得节节高升。西王母形象也随之逐渐完善而丰满起来了——她的形象由老变少、由野变文，其信仰也被道教汲取，西王母成为道教中"女仙之首"、最受尊奉的女神仙王母娘娘，在天上主管所有女仙，在人间主管婚姻和生儿育女。

这个时候，我们再来看看王母娘娘的样貌吧。在《汉武帝内传》中，西王母已经演变成一个年约三十、容貌绝世的女神。东晋时西王母甚至摇身一变，成了创世之神原始天尊的女儿，还帮她配了位东王公。唐宋之后，西王母开始成为杂剧、小说的主人公。小说、戏曲中的西王母形象，延续人形化吉神的概念，成为母仪天下的天界女神。

在民间信仰中,西王母的形象进一步世俗化、人格化,明清小说开始对其"人间皇后"的想象。玉皇大帝是民间神话的天庭之主,作为人间皇帝的映射,必须得有皇后才够完美,王母娘娘于是充当了这一角色。这一时期,小说、戏曲中普遍将西王母视为玉帝而不是东王公的配偶神,庆寿、献桃、度化成仙是王母的主要工作。

西王母是影响较为深远的中国神话人物之一。鲁迅先生曾在《中国小说史略》第二篇《神话与传说》中说过:"其最为世间所知,常引为故实者,有昆仑山与西王母。"在庞大的神话传说与中国传统文化的背景之下,虽说有不少是来自文人的想象渲染。但是,里面其实隐含了文人以转化或暗喻的方式来代替无法直言诉说的念想儿,或一偿无法圆满的美好夙愿,以及百姓希冀有个心灵寄托来消解他们生活上的困苦的殷殷渴盼。

在众多的西王母神话传说中,影响最大的要数周穆王和西王母瑶池相会的故事了。我们再看一下周穆王的西巡路线吧:自宗周北渡黄河,逾太行,涉滹沱,出雁门,抵包头,过贺兰山,经祁连山,走天山北麓至西王母之邦。再结合《史记》的相关篇章,有学者认为,这似乎就是我们先祖开拓西域的路线。

　　几千年来，遥远的上古神话，蛮荒之地的半兽人，容貌绝世的女神仙，是呼唤我们走向西域，去挖掘丝绸之路、玉石之路、取经之路上的宝藏吗？

巫山神女

人们形容梦中美人，大概都会提起巫山神女，即瑶姬，相传其为炎帝的女儿。她明媚鲜妍，多情而善于梦想。几度梦中，英俊的少年已经踏着七彩祥云娶她来了，却都被灵鹊儿惊醒，屡屡梦想成空。都道是红颜命薄，哪怕她的父亲炎帝是医药之神。瑶姬未嫁而亡，葬于巫山之阳。她的香魂飘到姑瑶山，化作了芬芳的瑶草。瑶草在姑瑶山上，昼吸日精，夜纳月华，若干年后，修炼成巫山神女。

关于瑶姬最早的记载是《山海经》："又东二百里，曰姑媱之山。帝女死焉，其名曰女尸，化为䔄草，其叶胥成，其华黄，其实如菟丘，服之媚于人。"大意是，帝女死在姑媱山上，之后被人们叫作女尸，变成了䔄草，䔄草花色嫩黄，叶子双生，结的果实似菟丝子，如果吃了这种草，可以魅惑别人。

另一个说法是，巫山神女瑶姬是西王母的第二十三女，瑶姬和她的姐姐们都是以西王母为主神的女神体系中的重要成员，因为身为女神，她们身上各自背负着不同使命，降临人间，发挥着各自作用。大禹治水走到巫山，神女瑶姬教给他治水的办法，并派遣神仙帮助他。三峡民间流传有巫山神女斩杀十二妖龙、为航船指点道路，为百姓驱除虎豹，为人间耕云播雨，为治病育种灵芝等传说。

在楚国士大夫宋玉的《高唐赋》中，巫山神女又有了另一个称呼：高唐神女。战国时期，楚怀王到云梦地区狩猎，一路上奔波劳顿，便在临时的行宫高唐馆中小憩。睡梦中，他隐约听到有音乐声响起，还闻到不时飘来的阵阵奇香。他睁开眼，只见四周祥云弥漫，异彩纷呈。更奇妙的是，他竟看到一个国色天香的女子袅袅婷婷，款款而来。这女子大大方方地来到楚怀王面前，对他说："我是炎帝的女儿，名叫瑶姬，没有成亲就亡故了，被埋在巫山南坡。今天特地前来与你相会。"楚王见她禀天地阴阳造化之妙，得天独厚，含有天地间一切之美，顿时心生爱慕，遂与她留下了一段风流佳话。

次日，楚怀王恍然梦醒时，他怀疑这只是一场梦，可是这时分明又飘来一阵香气，正是昨晚闻到的异香，方才明白。楚怀王不能忘情于瑶姬，便带人到巫山中去寻找她。听当地的人说，山上的云霞正是神女所化，上属于天，下入于渊，茂如苍松，美若姣姬。楚怀王慨叹不已，只好在巫山临江一侧修筑楼阁，命名为"朝云"，以示对瑶姬的怀念。

《高唐赋》中的神女是一个具有明显原始神话特征的神话式人物，一个地地道道的女神。她最引人注目的地方是她自由奔放、大胆追求爱情的举动，所谓"闻君游高唐，愿荐枕席"，是未曾受到任何封建礼教和伦理道德束缚的人性的直接张扬。

多年以后，楚襄王游高唐，而他却没有楚怀王那样好的运气了。在楚襄王的梦里，神女贞亮清洁，意态高远，凛然难犯。神女委婉地规劝楚襄王，高雅的谈吐如嗅兰草（陈嘉辞而云对兮，吐芬芳其若兰）。最终，"欢情未接，将辞而去"；她有意和楚襄王拉开距离，不让楚襄王上前与她亲近（迁延引身，不可亲附）。于是楚襄王"惆怅垂涕，求之至曙"，伤感失意之下流下眼泪，苦苦等到天明。这就是我们现在还说的"襄王有意，神女无心"。

自《高唐赋》《神女赋》问世之后，巫山神女这一中国文化中的"维纳斯",便携着朝云暮雨,时时回荡于多彩的文学画廊之中。

有人认为,屈原所作楚辞《九歌·山鬼》中,"山鬼"与巫山神女也有着千丝万缕的关系。山鬼是山中女神的意思(不是传统的正神,所以被称作"山鬼")。屈原描写其身披薜荔,腰束女萝,驾乘赤豹,后跟花狸,口饮石泉,采食山珍,栖身于松柏之间。她生性多愁善感,期盼和思慕君子,颇与巫山神女神似。

在文学作品中,最早有这样的联想,是从杜甫开始的。杜甫在《虎牙行》中写:

巫峡阴岑朔漠气,峰峦窈窕溪谷黑。
杜鹃不来猿狖啼,山鬼幽忧雪霜逼。

这首诗第一次直接将巫峡和山鬼联系在一起。姜亮夫在《屈原赋校注·山鬼注》中说:"山鬼为神女庄严面,而神女为文士笔底之山鬼浪漫面。"更有学者坚持认为,山鬼和巫山神女来自两个不同的神话体系,一个走的是文墨路线,另一个走的是民间路线。山鬼的传说很早就流传开来了,在屈原所处的时代达到顶峰。

几千年来,巫山神女从最初的神话人物,渐渐发展成为中华文化的重要素材之一，不仅丰富了文学的意象，还为文学创作提供了一个重要的原型，形成了描写、咏叹神女的文学长廊。

唐代元稹在《离思五首（其四）》中咏道："曾经沧海难为水，除却巫山不是云。"李白在《感兴》中称颂："瑶姬天帝女，精彩化朝云。宛转入霄梦，无心向楚君。"孟郊在《巫山曲》中也提道："荆王猎时逢暮雨，夜卧高丘梦神女。轻红流烟湿艳姿，行云飞去明星稀。目极横断望不见，猿啼三声泪滴衣。"刘禹锡到巫山游览时有感而发，在《巫山神女庙》中说："巫山十二郁苍苍，片石亭亭号女郎。""星河好夜闻清佩，云雨归时带异香。"宋代苏轼在《蝶恋花》中说："记得画堂初会遇。好梦惊回，望断高唐路。"吴简言在《题巫山神女庙》一诗中这样写道："惆怅巫娥事不平，当年一梦是虚成。只因宋玉闲唇吻，流尽巴江洗不清。"歌颂神女的诗篇在中国文学宝库中可谓不胜枚举。

一个未嫁之女，凭啥引来众多文人墨客为她写诗赋词？

首先，巫山神女的传说极具神话色彩。她未曾受到任何封建礼教和伦理道德束缚，自由奔放、大胆追求爱情（旦为朝云、暮为行雨）。又因楚王夜梦神女，故事更加精彩，意境唯美，令人浮想联翩。多愁善感的文人骚客，因之对神女多了几分"我见犹怜"的理解。

还有，窈窕淑女，君子好逑，更何况神女瑶姬是冰雪聪明、善良可爱的未嫁之女，所以人人可以爱她，可以围绕着她的心思与情绪，在诗词里各见高低。

再者，古代文人墨客通常是风流雅士。因此，他们喜欢运用巫山神女的典故以寄兴抒情。于是在中国历代诗文中，慢慢积淀成为一种排解不开的巫山神女情结，这种情结是丰富而深刻的。有学者认为，自有此情结以后，中国文化中对女性的态度，除了"昵"之外，又增添了一分"敬"。比如，贾宝玉对于女性的态度便是"昵而敬之"。而神女实际上早已经超越了女性的本义，超越了原先描写女性的文本，指向了超女性的含义——对美好理想、美好人生的追求等等。

早在20世纪30年代，闻一多先生就推出了他运用文化人类学理论研究的成果——《高唐神女传说之分析》，开创了研究巫山神女的先河，成为后世学者对该神话进一步考察的出发点。闻先生认为巫山神女即为楚之先妣，是楚的高禖神，这一观点的科学性还有待商榷。但学者们认为，此文是具有极高学术价值的拓荒之作，为现代的巫峡神女研究奠定了基础。20世纪80年代以来，巫山神女的研究一时成为先秦文学与神话研究的热点，许多学者参与到了探讨的行列中。

从屈原的《山鬼》、宋玉的《高唐赋》《神女赋》到唐朝李白、刘禹锡、元稹、薛涛、李贺、李商隐，宋代陆游、范成大，明清黄辉、张问陶，等等，直到现在，古往今来，赞颂神女的诗篇何止千万？

再回到宋朝的某一天，陆游无法抑制对巫山神女的好奇，专程前往凭吊。那天，只有神女峰顶出现了几片白云，且久久不散。陆游深感惊异。他在思考：瑶姬在白云之上吗？她是愿荐枕席，还是欢情不接？他怅然若失。但我们知道，在所有这些奇妙的情感与景象背后，镌刻着的是远古生命的不朽风情。

洛　神

中国上古传说中，以美貌著称的当首推洛神甄宓。相传，她是伏羲的小女儿，因迷恋洛河两岸的景色，去水边玩耍，不小心溺水而亡。但她却没有像炎帝的小女儿精卫那样化成精卫鸟，以衔石填海的方式反抗命运，而是选择成为洛河的水神。

洛神最初的名字叫宓妃，这一名称来源于屈原的《天问》。故事这样说：宓妃在洛水游玩，美色被河伯窥见，河伯用计将宓妃溺于洛水。夏朝有穷国国君后羿仰慕宓妃，被河伯知道了，就在洛水两岸制造灾难，为害一方。后羿很愤怒，射伤河伯，娶宓妃为妻。河伯向天帝告状，反而被天帝奚落。天帝成全了后羿和宓妃，封后羿为宗布神，封宓妃为洛神。

洛神神话产生之初，其形象是一位美丽的配偶神。

这种意向，写在屈原的《离骚》中，翻译过来是：我命令云师把云车驾起，去寻找宓妃住在何处。解下佩带束好求婚书信，我请蹇修前去给我做媒。云霓纷纷簇集忽离忽合，很快知道事情乖戾难成。晚上宓妃回到穷石住宿，清晨到洧盘洗濯头发。宓妃仗着貌美骄傲自大，成天放荡不羁寻欢作乐。她虽然美丽但不守礼法，算了吧，放弃她另外求索吧。

在屈原的《离骚》里，宓妃已经有比较具体的性格特征，因其"美而无礼"遂被作者放弃。

两汉文学辞赋承袭《离骚》，将洛神宓妃的形象描绘得丰满而逼真，且逐渐产生了极其浓郁的世俗化倾向。如司马相如、扬雄笔下的宓妃是现实中色艺双全的女子，《淮南子》中，洛神虽仍是一位配偶神，但已嫁给"真人"。

而中古时期描写宓妃形象，无论是知名度还是对后世文学的影响，当首推曹植的《洛神赋》：

> 翩若惊鸿，婉若游龙。荣曜秋菊，华茂春松。髣髴兮若轻云之蔽月，飘飖兮若流风之回雪。远而望之，皎若太阳升朝霞；迫而察之，灼若芙蕖出渌波。秾纤得衷，修短合度。肩若

削成，腰如约素。延颈秀项，皓质呈露。芳泽无加，铅华弗御。云髻峨峨，修眉联娟。丹唇外朗，皓齿内鲜。

曹植创造出了一个色彩浓郁的洛神形象。他在序言中说，魏文帝黄初三年（222年），去京师洛阳朝见，在离开洛阳前往自己的封地鄄城途中，于人困马乏之时来到洛水河边休息。他想起了有关洛水的一段神话。也就是在这个时候，他仿佛看到河边站着一位华美无比的女神，皮肤白皙，不施粉黛，细眉弯长，皓齿朱唇，热情洋溢，甜美可爱。两个人借洛水表达了爱意，并掏出美玉相约。就在这缱绻暧昧之时，女娲发出号令，洛神要离开了。洛神哭了起来，说没想到一次不期而遇，转眼即变成永诀。但人神不是同道，此生也不会有缘再相见了，我就把美玉送给你做纪念吧。曹植还没来得及回应，洛神就消失了。

曹植是用第一人称描述的，写完《洛神赋》后，就有了这样的传闻：说洛神的原型是曹丕的皇妃甄宓，曹植内心爱慕的其实是自己的大嫂，由于这是一种不伦之恋，不能有结果，所以用人神之恋来表达这种爱而不得的苦楚。

那么，曹植作《洛神赋》，真的是为排遣心里的那苦楚吗？

在当时的曹植看来，他的政治抱负就和洛神一样，遥不可及。他的设想，曾经是那么美好，只是，少了份帝王的雄略，他以文人的思维来看待这个世界，最终，失去了问鼎宝座的机会。不能成为那个发号施令的人，又如何能毫无障碍地实现梦想呢？

各路学者都分析过，曹植和甄氏有无可能性。从年龄上来看，二者差十岁，不过，年龄不是问题，后来的明宪宗和万贵妃就是一个样本。问题在于曹丕、曹植的关系一直交恶，曹植没必要给自己找麻烦。那为何后人都选择相信他们确有其事呢？

我们可以从甄氏再嫁曹丕一事中窥探端倪。

这段故事，版本很多，大意就是：曹氏父子攻打袁绍获胜后，曹丕抢先一步纳了甄氏，据说，曹操当时很是感慨了一番：老子辛苦打仗，倒是便宜了儿子。

整个三国故事中，有关曹操爱美人的故事，就占了不少篇幅。甄氏是美，不然也不会受宠若干年，但是，最初让甄氏名闻十里八乡的是她的"贵相"。据说，相士刘良说她"贵不可言"，后来，袁绍也因此为自己的二儿子袁熙聘甄氏为妻。

建安九年（204年），曹军攻下邺城，甄氏被曹丕纳入后宫，生下一儿一女。当然，甄氏除了美，还极有才华，而曹植更是才华横溢之人，怎么看都符合才子佳人的组合。不过，曹植见到甄氏时应该才13岁，难道那时就情根深种？

曹氏父子之间的故事本就让人嚼舌，尤其是在《世说新语》里清楚地写着，曹操说："这场战争就是为了她。"若这就是真相，那么，曹操真的是图甄氏的美貌吗？

甄氏出身世家，袁绍选择她做自己儿媳，就是看中了她强大的娘家背景。曹操同意曹丕纳甄氏，出发点应该还是为了自己对北方的统治。只是在民间看来，美貌、才情才是男子最介意的。

甄氏后来的下场据说很惨，死后还是她的儿子曹叡追封她为文昭甄皇后。甄氏得宠一时，却因谗言而死，死后葬在邺城。

再说回曹植。曹植，字子建，是曹操与武宣卞皇后所生第三子。作为建安文学的代表人物之一与集大成者，他在两晋南北朝时期，被推尊到文章典范的地位。南朝宋文学家谢灵运有"天下才有一石，曹子建独占八斗"的评价；清人王士禛说，汉魏以来2000年间诗家中能被称为"仙才"的，只有曹植、李白、苏轼三人。

建安二十二年，曹植在曹操外出期间，借着酒兴私自坐着王室的车马，擅开王宫大门司马门，在只有帝王举行典礼才能行走的禁道上纵情驰骋，一直游乐到金门。曹操大怒，处死了掌管王室车马的公车令，曹植也因此事失去宠爱。建安二十四年，曹仁被关羽围困，曹操让曹植带兵去解救，曹植却喝得酩酊大醉不能受命。建安二十五年，曹操病逝洛阳，曹丕继承王位，同年，曹丕称帝，即魏文帝。刚即帝位不久，曹丕就杀了曹植的密友丁仪、丁廙二人。曹丕虽未杀曹植，但数次命其迁封。

黄初二年，曹植被封安乡侯（今河北晋州侯城），邑八百户；当年七月又改封鄄城侯（今山东鄄城县）；黄初三年，被封为鄄城王，邑二千五百户，也就是在这次被封王之后回鄄城的途中，他写下了《洛神赋》；黄初四年，被封雍丘王。黄初七年，曹丕病逝，曹叡继位，即魏明帝。壮心不已的曹植渴望自己的才能得以施展，但曹叡对他仍严加防范和限制。曹植在文、明二世的12年中，多次被迁封，最后的封地在陈郡。太和六年（232年），曹植改封陈王，同年，曹植在忧郁中病逝，时年41岁。后人称之为"陈王"或"陈思王"。

甄妃在史料当中并没有留下名字，大家只知道她姓甄，因为洛神赋中洛神的名字是宓妃，加上大家对洛神真身的揣测，认为《洛神赋》里面所写的洛神就是甄氏，所以就把"宓"给甄氏当名字了。"甄"并不是甄后之"甄"，而是鄄城之"鄄"，"鄄"与"甄"通。曹植在写这篇赋时任鄄城王。原题名《感鄄赋》的《洛神赋》实际是曹植在感伤身为鄄城王的自己。

甄宓确实是极美貌的，三国时期有一句谚语：江南大小乔，河北甄宓俏。自唐代以后，曹植与甄宓的传说，基本代替了洛神本体神话，变成一场场文人式的艳遇。

裴铏所著《传奇》中：太和处士萧旷，自洛东游，夜憩双美亭时，洛神因被他的音乐所感动，便在他面前现形，主动提起她与陈思王曹植的感情际会。洛神欣赏萧旷"琴韵清雅"，赞叹他"真蔡中郎之俦也"（真是蔡邕那样的人），并在分别时泄漏天机，告知萧旷，她将会暗暗地帮助他。蒲松龄的《聊斋志异》中，记述了由刘桢转世的洛城刘仲堪与甄宓的一场隔世艳遇。看来，神仙也是多情的。

洛神守望的洛水，是中原最重要的河流之一，千百年来，它滋养着中华文明的发育生长。据说，当年洛水里出现过一只神龟,背上有"洛书",记录着有关八卦方位的密码;还有另一部神书"河图",其蕴含着深奥的宇宙星象密码。"洛书"与"河图"并列成为中国史上最神秘的文化符号。

西 施

周作人曾经说过，"要评价一个时代如何，只需要看看那一个时代中的女人是何等境遇便知"。这句话虽然不是很出名，但却被众多学者奉为圭臬。于是，人们在评价一个时代的时候，除了那个时代中的枭雄、名将、谋士之外，往往也少不了对女性的评价。人们将四位不同时代的美丽女性，评为"四大美人"——西施、王昭君、貂蝉、杨贵妃，与之相应的四个词，沉鱼、落雁、闭月、羞花，把她们的美推上神话高度：沉鱼是西施浣纱的故事，落雁是昭君出塞的故事，闭月是貂蝉拜月的故事，羞花是杨贵妃观花的故事。

春秋时期的西施因为所处年代最早，而成为四大美人之首，在历史传说中，西施的本名为施夷光，出生在越国的苎萝村。因为住在村庄西边所以被人们叫作西施。西施自幼随母亲在溪边浣纱,因为长得特别好看,美丽的名声渐渐传扬了出去。很多女孩子都想模仿她美丽的样子,住在东边的东施就是一个,西施生病时皱眉捧心不舒服的样子,东施也要模仿,于是留下"东施效颦"的故事。

如果不出意外,西施这一生都会生活在苎萝村,嫁人生子,带着长成的孩子继续浣纱。但生活最不可避免的就是各种意外,尤其在那样一个动荡的春秋时代。

吴王夫差是春秋末期吴王阖闾的儿子,吴王阖闾在和越王勾践的一次欈李之战中,不幸负伤殒命,吴王夫差立志要打败越国一雪前耻。吴王夫差可以称得上是一位雄才大略、励精图治的君王,在为父守孝的三年间操练三千精兵一举攻破越国,让勾践成为自己的阶下囚。勾践跪求做夫差的奴隶以免一死,春风得意的夫差动了恻隐之心,把勾践留在了身边。

《吴越春秋》中记载,勾践穿马夫的围裙,系打柴人的头巾,其夫人穿毛边破衣,衣不蔽体。王者切草喂马,夫人给水除粪,三年无愠色。其中卑亵到最极致处的是,夫差得病三月未愈,范蠡计算他病会转好,让勾践以探病尝粪的方式贺其病愈。勾践"以手取便与恶而尝之",谄媚说:"下臣勾践贺于大王,大王的病到今天已有好转,过些天就能痊愈。"夫差问:"何以知之?"勾践说:"下臣曾听会闻粪者说,粪乃谷味,逆时气者死,顺时气者生。今臣窃尝大王之粪,味苦且酸,正应春夏发生之气,因此恭贺。"

勾践臣吴的时间,据《国语》中记载,前后共3年。那一天,夫差登远处高台,见勾践与夫人、范蠡坐在马粪旁,君臣之礼、夫妇之仪都在,就对太宰伯嚭说:"越王小国之君,范蠡一介之臣,虽在穷厄之地,却不失君臣之礼,寡人为他们伤感。"伯嚭就说:"愿大王以圣人之心,哀穷孤之士。"夫差说:"那就放了他们吧。"是仁义与怜悯促使夫差放了勾践。夫差当然想不到,放虎归山,将成为未来倾覆他王国的致命一击。

夫差亲自把勾践送过蛇门。勾践回国后,听从范蠡、文种的建议,一边贿赂伯嚭太宰制造矛盾,离间夫差与忠臣良将伍子胥;一边将美女财宝悉数赠予夫差,用来消磨夫差的心智。《吴越春秋》中第九卷是"勾践阴谋外传",叙述文种如何出主意引夫差入陷阱。文种说:"臣闻高飞之鸟死于美食,深泉之鱼死于芳饵。今欲伐吴,必先求其所好,参其所愿,然后能得其食。"他一共出九条诡计:第一尊天事鬼,顺应天道;第二捐货币,悦其君臣,重金贿赂重臣;第三抬高粮价虚其国,挑动欲望疲其民;第四送美女感其心、乱其谋;第五送巧工良材,促他建宫室,尽其财力;第六送他谄媚之臣,腐败其政;第七抑制他的忠臣,逼其自杀;第八以利器投其好;第九以军备承其弊。这后两条,都是利用夫差的称霸野心,鼓励他打仗消耗吴军实力。

文种的第四条美人计走对了。他们选中了苎萝村的西施和郑旦去完成这个任务。西施和郑旦随范蠡到了越王的宫殿,学习歌舞和礼仪,时间辗转,日落乌栖,3年之后,她们已能醉态朦胧,轻歌曼舞。

临出发前,范蠡特意嘱咐西施,他一定会在灭吴之时把她接回来。同时,还跟她说了几件事。一是,要用心去爱夫差,只有用心才能取得夫差的信任,才能够安全。二是,对于伍子胥,一定要用善心,多在夫差面前说他的好话。三是,即使夫差对她宠爱有加,也不可以恃宠而骄,女人的嫉妒心最强,要与后宫诸人保持好关系,尤其是夫差的结发妻子虞丝王后。四是,在任何场合、任何时候不得干预朝政。

见到西施和郑旦的夫差,简直太高兴了,他筑姑苏台,建馆娃宫,让西施、郑旦住在用花椒磨成粉末掺到胶泥中粉饰墙壁的宫殿。椒房释放出温和芬芳的香气,不仅防虫且意喻"椒聊之实,蕃衍盈升"。她俩的美丽使夫差沉溺在酒色之中。

还有最恶毒的呢，勾践精选出优良稻谷，蒸熟后使夫差以为是好品种，交给百姓播种后颗粒无收。最后，又通过收买伯嚭，中伤伍子胥。那个鞭尸楚平王，性格刚烈、一心为主的伍子胥伍相国，眼看夫差中了圈套，以死相谏却使君臣更生嫌隙。夫差用属镂剑赐死伍子胥，伍子胥临终愤慨遗言，将他的眼睛挂在城门上，他要亲自看着越国军队如何灭掉吴国。

吴民困于战争，国库空虚，范蠡就说，吴国已经有了亡国之兆。越国就趁夫差率精兵北上会诸侯之际，偷袭老弱，杀掉了夫差的儿子。这是鲁哀公十三年、夫差十四年（前482年）的事。而当年夫差只要勾践臣服，却一点未伤及他的夫人、儿子与大臣。

勾践最后灭吴是在鲁哀公十九年，夫差二十年，距夫差围会稽山整18年。勾践围夫差于姑苏山，与夫差当年围会稽山的情景几乎一样——吴使王孙骆与当年文种一样膝行顿首，期待怜悯。但范蠡说："会稽之事，天以越赐吴，吴不取。今天以吴赐越，越可逆命乎？"而文种讨伐时，列举夫差的六大过：一杀伍子胥忠谏；二杀公孙圣直言；三听信伯嚭谗谀；四滥伐齐国与晋国；五"与越同音共律，上合星宿，下共一理"还伐越；最后第六条是，越国杀吴国前王，本犯下大罪，吴不从天命弃其仇，致使自己后患。

《吴越春秋》的结尾，是范蠡乘舟老于江湖。临走前范蠡留给文种的信上说："吾闻天有四时，春生冬伐。人有盛衰，泰极必否。知进退存亡而不失其正，惟贤人乎？蠡虽不才，明知进退。高鸟已散，良弓将藏；狡兔已尽，良犬就烹。夫越王长颈鸟喙，鹰视狼步，可与共患难而不可共处乐，可与履危不可与安。子若不去，将害于子，明矣。"

文种接到范蠡的劝告后，就称病不上朝，大臣就诬陷文种要犯上作乱。果然，不久，文种被勾践用夫差当年赐伍子胥的属镂剑赐死。文种临死前，勾践问他："你有七术，寡人用你三术已经灭吴，还留四术，有什么用呢？"文种说："臣不知所用也。"勾践就说："愿将此四术用于地下吴国的前人。"聪明一世的文种，死在不知其才能也会有害。

以勾践的手段，西施这个最美"间谍"的结局又会如何？

关于西施结局的传说有很多种。一种是被越王装进袋子投入水中溺水而亡。以勾践的手段，西施被沉入水中的传说大概是真的吧。据说，自此之后沿海的泥沙中便有了一种似人舌的文蜊，人们称之为"西施舌"。20世纪30年代郁达夫称赞长乐"西施舌"是闽菜中最佳神品。《墨子·亲士》篇中说"西施之沈，其美也"。"沈"就是"沉"的意思，这句话是说西施被沉于水中，是因为她的美丽。

第二种传说是辅佐勾践复国的范蠡在吴国灭亡后挂印而去，带着西施泛舟五湖，做生意去了。东汉袁康的《越绝书》里记载："吴亡后，西施复归范蠡，同泛五湖而去。"《辞海》"西施"条说：亦称"西子"。春秋末越国苎萝（今浙江诸暨南）人……由越王勾践献给吴王夫差，成为夫差最宠爱的妃子。传说吴亡后，与范蠡入五湖而去"。

无论什么样的结局，范蠡带走了她，二人泛舟湖上，应该是她最渴望的结局，也是我们最盼望的结局。

历史在向前行走的时候，选择了记住西施——那个苎萝村庄西边的浣纱女子，她五官端正，粉面桃花，相貌过人。她在河边浣纱时，清澈的河水映照她俊俏的身影。这时，鱼儿看见了她，忘记了游水，渐渐地沉到河底。

都道是江山美人，原来竟是如此，看看西施、王昭君、貂蝉、杨贵妃便已知晓。

虞　姬

秦朝灭亡后，项羽和刘邦为争夺天下，随即展开了长达4年的楚汉战争。初期，楚军连连大胜，在第四个年头上，局势发生了重大变化。公元前202年，刘邦率40万汉军与项羽的10万楚军在垓下展开决战。楚军屡战不胜，汉军也一时难以彻底打败楚军。

《史记·项羽本纪》记载："项王军壁垓下，兵少食尽，汉军及诸侯兵围之数重。夜闻汉军四面皆楚歌，项王乃大惊，曰：'汉皆已得楚乎？是何楚人之多也！'项王则夜起，饮帐中。"这是公元前202年12月的一天夜里，北风呼啸，一片凋零与肃杀，听到四面楚歌的楚霸王项羽，以为楚地尽失，楚营里的将士们听见家乡的歌声，军心涣散，纷纷逃跑。楚霸王看到大势已去，心如刀绞，他留恋江山，更惦记美人虞姬。他知道未来虞姬的命运，难以忍受的痛苦深深地啮着他的心。两人饮酒帐中，项羽悲伤地唱起《垓下歌》：

> 力拔山兮气盖世，时不利兮骓不逝。骓不逝兮可奈何，虞兮虞兮奈若何！

这是项羽面临绝境时的悲叹，他回想过去，有宝马乌骓常骑在胯下，有美丽的虞姬相伴左右，而今这一切就要失去。《垓下歌》只有28个字，却写出了罕见的自信，也写出了无奈与悲愤，朱熹《楚辞集注》中评价其"慷慨激烈，有千载不平之余愤"。

《史记》中记载："歌数阕，美人和之。项王泣数行下，左右皆泣，莫能仰视。"项羽泪流数行，身边的人也都哭了，没有谁能抬起头来看他。

虞姬也很悲伤，她凄然起舞，忍泪唱和："汉兵已略地，四方楚歌声。大王意气尽，贱妾何聊生？"（汉王的军队已经攻占了楚国的土地，四面八方传来令人悲凄的楚国歌曲。大王你的英雄气概和坚强意志已经消磨殆尽，我为什么还要苟且偷生？）人们称这20个字为《复垓下歌》或《和垓下歌》，它是历史上少见的绝命悲歌，也是爱情悲歌。为了让项羽不再牵挂，唱和完毕，虞姬拔剑自刎。虞姬死后，血染的地方长出了一种罕见的艳美花草，大家称它为"虞美人"。南唐后主李煜曾填过一阕著名的"春花秋月何时了"，也以"虞美人"命名。

项羽悲恸万分，仓促掩埋了虞姬。随即带领六百骑兵连夜突围，途中又误中多次埋伏，最后到了乌江（今安徽和县东北长江边的乌江浦）边。早已在此等候的乌江亭长说，江东还是霸王的地方，汉军没船，霸王渡江可东山再起。项羽说，自己当年与江东8000子弟出征，他们全部战死，自己也不愿苟且偷生，更无颜面再见江东父老。他谢绝了乌江亭长的好意，将乌骓马送给乌江亭长引渡，自己率领仅剩的28个骑兵，执短兵器与汉军拼杀。就在这时候，他看到敌军中自己曾经的老部下吕马童，于是说：不是我项羽不能打，天要亡我，我又奈何，既然老朋友都来了，那就让老朋友得万户侯吧（刘邦当时用重金购项羽首级），说罢，自刎于乌江边，年仅31岁。

相传，虞姬有倾国倾城的容颜，善弹琴舞蹈及剑术，与项羽两小无猜。嫁给项羽后不久，秦始皇驾崩，胡亥继位，秦二世的残暴，引发陈胜吴广大泽乡起义，项羽和叔叔项梁带着8000子弟兵也树起了义旗。项羽从此戎马倥偬，南征北战，昼夜厮杀。作为妾的虞姬，随军行动，项羽战到哪里，她就跟到那里。

项羽是一个性格暴躁的人，却也是个用情专一的人。秦灭亡后，项羽自立为西楚霸王。他分封各路有功之臣，或为王，或为侯，虞姬也被封为美人。当时皇帝的内宫分皇后、夫人、美人、良人、八子、七子、长使、少使八等，项羽名位上低于皇帝，只能以"美人"封虞姬。自此"虞美人"的名字传扬开来。相传，刘邦进入咸阳后，项羽跟着进来，一把火烧了阿房宫，收集秦朝宫殿中的金银财宝，全部运到他的根据地彭城，却将阿房宫内成百上千的美女尽数遣散，大家猜测：这是为了讨好虞美人。我选择相信。

史书中对虞姬的记载不过寥寥数笔，司马迁也不过就说了"有美人名虞"几个字。2200多年过去了，她的绝世容貌早已消失在历史帷幕的深处，但她的故事和品质却被后世一再提及。

林黛玉在《虞姬》中写道："肠断乌骓夜啸风，虞兮幽恨对重瞳。黥彭甘受他年醢，饮剑何如楚帐中？"（重瞳即项羽，传说他的眼睛里有两个瞳孔）讲的就是黥布和彭越背叛项羽，却逃不过惨遭诛杀的结果，还不如像虞姬一样为项羽而死，为爱情而死，死得其所。

20世纪20年代，京剧艺术大师梅兰芳把《霸王别姬》搬上舞台。一百年来，《霸王别姬》成为梅派经典名剧之一，剧中虞姬共六个唱段，其中最著名的是《看大王在帐中（虞姬）》：

> 看大王在帐中和衣睡稳，我这里出帐外且散愁情，轻移步走向前荒郊站定，猛抬头见碧落月色清明。适听得众兵丁闲谈议论，口声声露出了离散之情。

虞姬且歌且舞，亦悲亦泣，把"幽恨"二字张扬到了美学境界。

《金瓶梅》开篇里也说道："只因撞着虞姬……豪杰都休。"从历史和政治上来说，项羽是败军之将，刘邦是开国之君。但从人格和美学角度看过去，项羽因了虞姬，因了在最后一搏的生死关头竟然对虞姬"泣数行下"，让后人，至少是让我觉得，这个儿女情长英雄气短的大将军更有人情味，更具人性光彩，比起刘邦来，显得更真更善更美。

捋一下思绪，你会发现，项羽与虞姬，吕布与貂蝉，勾践、夫差、范蠡与西施，汉元帝、匈奴单于呼韩邪与王昭君，李靖与红拂女，甚至石崇与绿珠，这几组关系中，当作为历史叙事的时候，人们注重的是男主角，但一旦当作人生际遇去解读、吟诵、传唱、演绎时，女性形象大都光彩照人，甚至使冰冷的历史教科书也因此有了人性的光彩和生活的温情。

这位史书里仅仅被一笔带过的女配角，就这样千百年来饱满地活在民间的记忆里。因为她的存在，那场一决雌雄的血战才沾染上了一丝衣香鬓影。

山河依旧，国风悠悠，灵魂没有性别，只有品格永恒。一把剑，两刎颈，成就了英雄项羽和美人虞姬千古爱情的凄婉美谈。这悲情一瞬，已定格在中国文学的字里行间，定格在中国戏曲的舞台上，成为中国古典爱情中最经典、最荡气回肠的灿烂传奇。

吕　雉

吕雉，字娥姁，砀郡单父县（今山东单县）人。西汉时期皇后，又称吕后、汉高后、吕太后等，与唐朝的武则天并称为"吕武"。是秦始皇统一中国后，第一个临朝称制的女性。

未嫁刘邦之前的吕雉是家里的掌上明珠，相貌美丽，且聪明伶俐。他们一家人原本住在砀郡单父县，为了躲避仇家，搬到了沛县。在这里，吕父把女儿许配给了刘邦。刘邦当时不过是个亭长，却终日和朋友出去共议"大事"，还特喜欢打肿脸充胖子，总是请自己的好友吃饭。一向十指不沾阳春水的吕雉，短短的几个月便学会了洗衣做饭，贴补家用。

吕雉已为刘邦生下了儿子刘盈和一个女儿，但是刘邦还是一如既往地三天两头不见人影。

在一次战役中,项羽击溃汉军后,偷袭了刘邦的家,包括刘父、吕雉在内的刘邦家眷被楚军俘获。

原本肤如凝脂的吕雉虽伤痕累累,但一直咬牙坚持,她相信丈夫会来救她。可是,等她终于见到刘邦时,她听到的只有淡淡的一句"糟糠之妻而已,想杀就杀了吧"。

这一刻的吕雉心如死灰,怨恨如同藤蔓狠狠地缠住了她的心。而她原本以为这件事已经够让她绝望了,没想到的是这一切才刚刚开始。

楚汉双方僵持了两年多才和解,项羽将吕雉等刘邦家眷放了回去。这两年间,吕雉开始变得敏感多疑。但当她见到儿女们的时候,接下来的交谈,让她多年的怨更化为了无尽的恨——因为她的丈夫,她孩子的亲生父亲,竟然在逃命途中曾多次要抛下这两个苦命的孩子,若不是有叔父护着,恐怕早已丧命黄泉。

回到刘邦身边的吕雉发现,刘邦身边已有了戚夫人。戚夫人也称戚姬,济阴定陶(今山东省菏泽市定陶区)人,生了赵王刘如意。戚夫人精于舞蹈,既会跳当时流行的"楚舞",又擅长"翘袖折腰之舞"。所谓翘袖折腰之舞,大概是一种以舞袖、折腰为主要动作的舞蹈,主要注重腰功与袖式的变化。

吕雉意识到：唯有自己强大起来才能保护自己保护儿女。如今刘邦已经即皇帝位，自己的儿子刘盈被封为太子，女儿也被封为鲁元长公主。她必须要把权力都攥到自己手中，只有这样她和孩子的命运才不会被他人摆弄。

这边吕雉刚下定了决心，那边戚夫人已经开始行动。原本吕雉没有回来，那两个孩子对她的孩子如意而言不足为惧，实在不行，她还可以把两个孩子收入自己宫中，整个后宫依旧是自己的天下。但现在吕雉已经回来了，她可不认为吕雉会坐以待毙，比起受制于人，她为什么不先发制人呢？

戚夫人开始想方设法地取得刘邦欢心，时不时地在刘邦的耳边吹枕边风。戚夫人说，不如将那个仁爱懦弱的太子刘盈替换成其他优秀的孩子吧。戚夫人这样的建议一旦说出口，她与吕雉就不再仅仅是情敌，而是不共戴天的敌人了。

其实不难猜出刘邦为什么会想改立如意为太子：戚夫人性格温柔体贴，且在刘邦面前一直是小女人的姿态；而吕雉因为与刘邦产生了嫌隙，自然很少在刘邦面前流露出温柔的一面，所以戚夫人显然更得刘邦的宠爱。

母亲是否受宠，间接影响到了孩子在父亲面前的形象，尤其是刘邦认为刘盈性格比较怯懦，难堪重任；如意则胆大心细，更像自己，所以就起了改立太子的心思。正是因为这一举动，直接刺激了吕雉。

吕雉得知刘邦要换太子，开始思索应对之策。虽然吕雉已经开始步入朝堂，但并没有太大的实权。若是刘盈的太子之位不保，肯定会动摇吕氏的根基。

有人为吕雉出主意，让她找张良。吕雉就让哥哥吕泽逼迫张良献计。张良对吕泽说："陛下在战争困难的时候确实能够听我的意见，但是，如今是因为爱而要废长立幼，这已经不是靠说能了结的事。但是，陛下非常看重的商山四皓（隐居在商山的四位年长的高士），却始终请不来，因为他们认为陛下对臣下态度一贯傲慢。如果你们想个办法把商山四皓请出来辅佐太子，让他们天天陪着太子，特别是上朝之时陪伴太子，陛下一定会看见。陛下知道商山四皓辅佐太子，也许会有用。"吕后立即付诸实施。她派吕泽让人带了太子的亲笔信，还带了一份厚礼，请商山四皓出山，而这四位高士竟然全来了。

汉十二年（前195年），刘邦因箭伤预感生命无常，废立太子的愿望也更加强烈。张良劝阻无效，托病不再上朝。作为太子太傅的叔孙通以死相谏,刘邦假装听从,但实际上废立太子的想法毫无改变。

一次朝宴,刘邦发现太子身边有四位八十多岁的老人,胡须、眉毛都白了,服装、帽子非常讲究。刘邦很奇怪,就问他们:"你们是谁?"四位老人上前回答,并各自报了姓名:东园公、用里先生、绮里季、夏黄公。

刘邦很吃惊,问:"我请你们多年,你们逃避我。为什么要随从我的儿子呢?"四位老人回答:"陛下轻视读书,又爱骂人。我们坚决不愿受辱,所以才因为恐惧而逃亡。如今听说太子仁孝恭敬,爱护天下读书人,所以我们就来了。"刘邦说:"烦请诸位好好替我照顾好太子。"

四位老人敬完酒离去。刘邦看着离去的四位老人,指着他们对戚夫人说:"我想更换太子,他们四个人辅佐他,太子的羽翼已经丰满,难以更改了。吕后真是你的主人了。"

戚夫人听说后,立即失声痛哭,刘邦说:"你为我跳一曲楚舞,我为你唱一首楚歌吧。"歌词说:"鸿鹄高飞啊,一飞千里。羽翼已成啊,横渡四海。横渡四海啊,还能做什么。即使有弓箭,对于高飞的鸿鹄还有什么用呢?"从这之后,刘邦再也不提废立太子之事。

刘邦去世后，刘盈继位为帝，即汉惠帝，吕雉开始独掌大权。司马迁在《史记·吕太后本纪》中对她的评价是：政不出房户，天下晏然；刑罚罕用，罪人是希；民务稼穑，衣食滋殖。吕后在后宫管理朝政，天下太平，刑罚很少用，犯罪的人却很少，农业稳定，丰衣足食。司马迁给予吕后施政极大的肯定。

吕雉和他的儿子在称制15年间，实行黄老之术、与民休息的政策，又废除挟书律，鼓励民间藏书、献书，恢复旧典，为后来的文景之治打下了很好的基础。

但实行黄老之术的吕雉，却发明了"人彘"这种最狠毒的酷刑。

公元前194年，戚夫人被吕雉幽禁在永巷，剃去头发，颈束铁圈，穿上囚徒的红衣，让她舂米做苦役。原本已经成为阶下囚的戚夫人，没有认清楚自己的处境，还一边舂米，一边编歌：

> 子为王，母为虏，终日舂薄暮，常与死为伍！相离三千里，当谁使告女？

大意是儿子当赵王，娘却像奴隶一样，和儿子相距千里，谁能给我通个信呢？

戚夫人《春歌》的后四句，据考证是最早见于正史记载的五言诗。千百年来，它成为可以和《垓下歌》《大风歌》媲美的千古绝唱。《汉诗总说》则说："汉人诗未有无所为而作者，如《垓下歌》《春歌》《幽歌》《悲愁歌》《白头吟》，皆到发愤处为诗，所以成绝调；亦不论其词之工拙，而自足感人。"

可想而知的是，吕雉听到《春歌》时的盛怒：她莫非还要依靠儿子翻身报仇？

但凡有一点政治谋略，戚夫人都不会编这样的内容对抗吕雉。刘邦还活着的时候，从对赵王如意的政治安排来看，是给了戚夫人一条生路的，他特意派了资深而且有威信的老臣周昌辅佐赵王。但还是忽略了戚夫人短浅的眼光，致使他所畏惧的一切，全上演了。

吕雉好几次要求赵王进京见面，但都被老臣周昌硬挡了回去。周昌是老资格，吕雉也无计可施。最后只好使用调虎离山之计，先把周昌调回长安，再命令赵王如意进京。小孩子没有一点政治斗争经验，稀里糊涂地就进了皇城。

进入皇城，与哥哥汉惠帝住在一起。汉惠帝元年（前194年）十二月，汉惠帝凌晨外出射猎，刘如意因为年纪小，不能早起同去。吕雉得知刘如意独自在寝宫，于是派人拿着毒酒毒死了刘如意。

刘如意死后，吕雉砍断了戚夫人的手脚，剜掉眼珠，熏聋耳朵，喝下哑药，将她扔到厕所。数日之后，叫惠帝来看"人彘"。刘盈见了一问才知道这竟是戚夫人，就大哭了一场，从此得了病，一年多不好。惠帝派人去对他的母亲吕雉说："这不是人干的事。我做了太后的儿子，终究不能治理天下。"

清朝学者龚炜评价："开国母后莫不贤明，独吕雉以妒悍称制，外戚之祸，汉为最烈，贻谋可不慎欤。如斯正议，虽儒者无以易也。"字里行间都在批判吕雉善妒、行事残忍。

外戚干政这个中国封建社会几乎从未断绝的局面，始于吕雉。刘邦称帝8年间，借助外戚，吕雉协助刘邦，镇压叛逆、打击割据势力。在刘邦病入膏肓时，出于政治考量，她询问刘邦国家关键职位人事安排。

吕雉问："陛下百年以后，萧相国也去世了，谁可以代替他呢？"刘邦回答："曹参可以。"吕雉又接着问曹参之后人选，刘邦说："王陵可以。但是王陵比较憨厚，陈平可以辅助他。陈平才智有余，但是难以独任。周勃忠诚老实，文化不高，但是安定刘氏天下的必然是他，可以让周勃担任太尉。"

吕雉还想接着问,但刘邦说:"再往后的事情也不是你所能知道的了。"刘邦的意思是,吕雉也活不了那么久,之后的事情就不用问了。

这个头脑清醒的政治女强人,视权力为生命。但权力并不能弥补她曾经的伤痛,她加倍地把这种伤痛传递给别人,同时也将这种伤痛传递给后来的世界。

对此,王立群先生评价:无论她的施政有多么高明,吕后对戚夫人的残忍虐杀,是一种非常不人道的行为,我们应当给予痛加指责。吕后这个作为,把她自己永远钉在了中国历史的耻辱柱上。

卓 文 君

春秋战国时期，儒家学说便开始对女人地位的压制，到宋代，程朱理学已经把三从四德、三贞九烈思想灌输到整个社会。相对于宋朝以及明清两朝来说，汉代女子还是幸运的。有名的女子可以封侯，可以拥有爵位和封邑。汉高祖刘邦就曾封兄伯妻为阴安侯，吕雉当政后，也曾封萧何夫人为酂侯，樊哙妻吕媭为临光侯。汉宣帝刘询赐外祖母号为博平君，以博平、蠡吾两县一万一千户为汤沐邑。

对于女子来说，这是一个比较幸运的时代，女子在婚姻关系和家庭生活中占据较高地位。汉朝的公主蓄养面首也是天经地义的事情。汉武帝的姑母馆陶公主刘嫖寡居，宠幸董偃，一时"名称城中，号曰'董君'"。即便是汉武帝也要尊称董偃为"主人翁"，一时"董君贵宠，天下莫不闻"。

卓文君就出生在这个时代，中国四大才女之一的她，是文景之治时蜀郡临邛县（四川成都邛崃）巨商卓王孙之女，姿色娇美，精通音律。

司马相如，蜀郡成都人，生活贫寒。应县令王吉邀请来临邛，住在城内的一座亭子里。县令天天来拜访他，最初他以礼相见，后来谎称有病，拒绝拜访，王吉却更加恭敬。

临邛县里的富人很多，比如，卓王孙家就有家奴八百人，另一富商程郑家也有家奴数百人。两家商量说：县令有贵客，我们备酒席，一并把县令也请来。县令到卓家的时候，客人已经上百了。司马相如却推辞有病，不肯前来。临邛县令亲自前去迎接，司马相如勉强前来赴宴。酒兴正浓时，临邛县令走上前去，把琴放到司马相如面前，说："我听说您特别喜欢弹琴，希望能聆听一曲，以助欢乐。"

此时，出嫁后丧夫的卓文君回家居住，这时候的她只有17岁。久仰司马相如的风采，卓文君便从屏风处窥视。司马相如佯作不知，当受邀抚琴时，便趁机弹了一曲《凤求凰》：

有一美人兮，见之不忘。
一日不见兮，思之如狂。
凤飞翱翔兮，四海求凰。
无奈佳人兮，不在东墙。
将琴代语兮，聊写衷肠。
何日见许兮，慰我彷徨。
愿言配德兮，携手相将。
不得于飞兮，使我沦亡。
凤兮凤兮归故乡，遨游四海求其凰。
时未遇兮无所将，何悟今兮升斯堂！
有艳淑女在闺房，室迩人遐毒我肠。
何缘交颈为鸳鸯，胡颉颃兮共翱翔！
凰兮凰兮从我栖，得托孳尾永为妃。
交情通意心和谐，中夜相从知者谁？
双翼俱起翻高飞，无感我思使余悲。

翻译过来就是：有位俊秀的女子啊，我见了她的容貌，就此难以忘怀。一日不见她，心中牵念得像是要发狂一般。我就像那在空中回旋高飞的凤鸟，在天下各处寻觅着凰鸟。可惜那美人啊不在东墙。我以琴声替代心中情语，姑且描写我内心的情意。何时能允诺婚事，慰

061

藉我往返徘徊？希望我的德行可以与你相配，携手同在一起。不知如何是好的心情无法与你比翼偕飞、百年好合，这样的伤情结果，令我沦陷于情愁而欲丧亡。凤鸟啊凤鸟，回到了家乡，我就像那在空中回旋高飞的凤鸟，在天下各处寻觅着凰鸟。未遇凰鸟时啊，不知所往，怎能悟解今日登门后心中所感？有位美丽而娴雅贞静的女子在她的居室，这美丽女子却离我很远，思念之情，正残虐着我的心肠。如何能够得此良缘，结为夫妇，做那恩爱的交颈鸳鸯，但愿我这凤鸟，能与你这凰鸟一同双飞，天际游翔。凰鸟啊凰鸟，愿你与我起居相依，哺育生子，永远做我的配偶。情投意合，两心和谐顺遂。半夜里与我互相追随，又有谁会知晓？展开双翼远走高飞，徒然为你感念相思而使我悲伤。

卓文君听出了司马相如的琴音，也为他的气派、风度和才情所吸引。加上司马相如不失时机地通过侍婢向卓文君转达心意。毫不犹豫，卓文君连夜与司马相如私奔到他的老家成都。卓王孙知道后大怒，声称女儿违反礼教，不会给女儿一个铜板。

司马相如家徒四壁。卓文君在成都住了一段时间，便对司马相如说："其实你只要跟我到临邛去，向我的同族兄弟们借些钱，我们就可以设法维持生活了。"司马相如听了她的话，便跟她一起回到临邛。他们把车马卖掉做本钱，开了一家酒店。卓文君当垆卖酒，掌管店务；司马相如系着围裙，夹杂在伙计们中间洗涤杯盘瓦器。

卓王孙听说这件事情后，觉得没脸见人，就整天大门不出二门不迈。兄弟和长辈就劝卓王孙，说："你有一个儿子两个女儿，家中又不缺少钱财。如今，卓文君已经成了司马相如的妻子，相如本来也已厌倦了离家奔波的生涯，他虽然贫穷，但确有大才，况且又是县令的贵客，为什么偏偏让他们受这样的委屈呢？"卓王孙听劝，就分给卓文君家奴一百人，钱一百万，以及她出嫁时的衣服被褥和各种财物。

司马相如确实是个人才，他是中国汉赋四大家，被誉为赋圣、辞宗，因《子虚赋》，他得到汉武帝赏识，又以《上林赋》被封为郎官（帝王的侍从官），为求爱所赋《凤求凰》而流芳百世。鲁迅曾评价司马相如："武帝时文人，赋莫若司马相如，文莫若司马迁"。

但是，曾经的患难与共，曾经的百万相赠，也难抵女人的年老色衰。相传，如日中天的司马相如渐渐耽于逸乐，日日周旋在脂粉堆里，直至欲纳茂陵女子为妾。卓文君忍无可忍，作了《白头吟》，表明了要与司马相如决裂。

皑如山上雪，皎若云间月。
闻君有两意，故来相决绝。
今日斗酒会，明旦沟水头。
躞蹀御沟上，沟水东西流。
凄凄复凄凄，嫁娶不须啼。
愿得一心人，白头不相离。
竹竿何袅袅，鱼尾何簁簁！
男儿重意气，何用钱刀为！

爱情应该像山上的雪一般纯洁，像云间月亮一样光明。听说你怀有二心，所以来与你决裂。今日犹如最后的聚会，明日便将分手沟头。我缓缓地移动脚步沿沟走去，过去的生活宛如沟水东流，一去不返。我毅然离家随君远去，就不像一般女孩凄凄啼哭。满以为嫁了一个情意专心的称心郎，可以相爱到老永远幸福。男女情投意合就像钓竿那样轻细柔长，鱼儿那样活泼可爱！男子应当以情意为重，失去了真诚的爱情是任何钱财珍宝都无法补偿的。

并随诗附书："春华竞芳，五色凌素，琴尚在御，而新声代故！锦水有鸳，汉宫有水，彼物而新，嗟世之人兮，督于淫而不悟！朱弦断，明镜缺，朝露晞，芳时歇，白头吟，伤离别，努力加餐勿念妾，锦水汤汤，与君长诀！"春天百花盛开，争奇斗艳，绚烂的色彩掩盖了素洁的颜色。琴声依旧在奏响，但已经不是原来的人在弹奏了。锦江中有相伴游泳的鸳鸯，汉宫中有交援伸展的枝条。他们都不曾离弃伴侣。慨叹世上的人，却迷惑于美色，喜新厌旧。朱弦断，知音绝。明镜缺，夫妻分。朝露晞，缘分尽。芳时歇，人分离。白头吟，伤离别。希望您吃得好好的不要挂念我。对着浩浩荡荡的锦水发誓，从今以后和你永远诀别。

司马相如看完信，不禁惊叹妻子的才华。他记起昔日夫妻的恩情，羞愧万分，从此不提遗妻纳妾之事。卓文君是聪明的，她大胆追求爱情，又用心经营着婚姻，当司马相如移情别恋，她没有像一般女人那样逆来顺受，更没有丧失理智成为泼妇，而是以诗文来警戒丈夫。

我们反复吟诵《白头吟》，"愿得一心人，白头不相离"的淡淡哀伤和人格尊严，在那个男权占绝对主流地位的社会里，是极其少见的。

从此，卓文君的经历为后世知识女性树立了对待婚姻的榜样。

王 昭 君

王昭君，名嫱，西汉南郡秭归（今属湖北）人，因出身平民，身世详情不可知。建昭元年（前38年），汉元帝下诏征集天下美女补充后宫。入宫对于一个寻常人家的女孩子而言，喜悦之后，大概更多的是迷茫。据《后汉书·南匈奴列传》记载："昭君入宫数岁，不得见御。"

那时候，宫女进宫后，一般先由画工画像，呈上御览，以备随时宠幸。有个画工名叫毛延寿，给宫女画像的时候，只要送给他钱物的，就画得美一点，不送就画得丑一点。因此，毛延寿笔下，无盐成了西施，郑旦成了嫫母，是常有的事情。王昭君美冠群芳，又生性奇傲，不肯低头，画像平平，自然见不到汉元帝。

一晃几年过去了。在一个凄冷的夜晚，王昭君信手

拿起琵琶,边弹边唱:

> 一更天,最心伤,爹娘爱我如珍宝,在家和乐世难寻;如今样样有,珍珠绮罗新,羊羔美酒享不尽,忆起家园泪满襟。二更里,细思量,忍抛亲思三千里,爹娘年迈靠何人?宫中无音讯,日夜想昭君,朝思暮想心不定,只望进京见朝廷。三更里,夜半天,黄昏月夜苦忧煎,帐底孤单不成眠;相思情无已,薄命断姻缘,春夏秋冬人虚度,痴心一片亦堪怜。四更里,苦难当,凄凄惨惨泪汪汪,妾身命苦人断肠;可恨毛延寿,画笔欺君王,未蒙召幸作凤凰,冷落宫中受凄凉。五更里,梦难成,深宫内院冷清清,良宵一夜虚抛掷;父母空想女,女亦倍思亲,命里如此可奈何,自叹人生皆有定。

这是后人附会给王昭君的《五更哀怨曲》,浓浓乡愁和无限感伤尽在这首曲子里。

王昭君用琵琶打发着无数长夜,"自叹人生皆有定"。然而,有时候命运却在"有定"中暗含着"无定"。汉元帝竟宁元年（前33年），南匈奴单于呼韩邪第三次前来朝觐，王昭君的命运有了另一种走向。

匈奴原是汉朝的最大威胁。公元前200年，汉朝开国不久，刘邦便率领32万大军对匈奴用兵，结果被冒顿单于的40万匈奴大军围在白登山（今山西大同东北一带），整整七天七夜。"马上天子"险些全军覆没。为了休养生息，汉朝源源不断地送给匈奴大批生活物资，同时还被迫采取屈辱的和亲政策。直到汉武帝时期，军事和外交上才占了上风。

汉元帝时期是西汉巅峰时期。那时候，呼韩邪的南匈奴，已远非昔日神勇无敌的大匈奴，他们"一边倒"温和亲汉。公元前33年正月的这第三次朝觐，呼韩邪兴冲冲跑到长安，自请为婿。汉元帝也爽快地答应了这门政治婚姻，并决定从宫人中挑选才貌双全的宫女，嫁给呼韩邪。

《后汉书·南匈奴列传》记载，昭君"丰容靓饰，光明汉宫，顾景裴回，竦动左右"。"帝见大惊，意欲留之，而难于失信，遂与匈奴。"

王昭君娇羞地站在帝王身边，明眸善睐，光彩照人。轮到汉元帝惊叹了，他想不到身边竟有如此倾国倾城的绝色佳人。而呼韩邪则睁大了惊喜的双眼：这位草原长大的匈奴首领,从来没见过这般美丽的女子。

汉元帝眼睛不眨地望着王昭君,但是已经晚了,他不得已做了顺水人情。朝廷的封赠也格外慷慨:为纪念和亲,先把"建昭"的年号改为"竟宁"——祈望和平、安宁的意思;封昭君为"宁胡阏氏"——这个称号翻译过来就是:安抚胡人,做匈奴单于的正房夫人。又赐了锦帛28000匹,絮16000斤,以及美玉金银无数。

画师毛延寿受贿一事也浮出水面,他必死无疑。

汉元帝亲自饯行,送出长安10余里。望着昭君的毡车、驼队消失在落日长河中,43岁的汉元帝怅然若失。

王昭君带着一种复杂的心情,随丈夫登程北去,走向茫茫大漠,走向未知未来。一路上,马嘶雁鸣,令她心绪难平。她拨动琴弦,吟唱:

> 秋木萋萋,其叶萎黄,有鸟处山,集于苞桑。
> 养育毛羽,形容生光,既得升云,上游曲房。
> 离宫绝旷,身体摧藏,志念抑沉,不得颉颃。
> 虽得委禽,心有徊徨,我独伊何,来往变常。
> 翩翩之燕,远集西羌,高山峨峨,河水泱泱。
> 父兮母兮,道里悠长,呜呼哀哉!忧心恻伤。

秋天里的树林郁郁苍苍,满山的树叶一片金黄。栖居在山里的鸟儿,欢聚在桑林中放声歌唱。故乡山水养育了丰满的羽毛,使它的形体和容貌格外鲜亮。天边飘来的五彩云霞,把她带进天下最好的深宫闺房。可叹那离宫幽室实在空旷寂寞,金丝鸟般的娇躯总也见不到阳光。梦想和思念沉重地压在心头,笼中的鸟儿却不能自由地翱翔。虽说是美味佳肴堆放在面前,心儿徘徊茶不思来饭不想。为什么唯独我这么苦命,来来去去的好事总也轮不上。翩翩起舞的紫燕,飞向那遥远的西羌。巍巍耸立的高山横在眼前,滔滔流淌的大河流向远方。叫一声家乡的爹和娘啊,女儿出嫁的道路又远又长。唉!你们可怜的女儿呀,忧愁的心儿满怀悲痛和哀伤。

南飞的大雁听到悦耳的琴声,看到骑在马上的美丽女子,忘记摆动翅膀,纷纷跌落地下。从此,昭君得来了"落雁"的代称。

大约走了一年,总算到了匈奴王庭。初夏时节,处处水草丰美,马跃羊奔。沸腾的匈奴人,热烈欢迎这位新"阏氏"。20岁的王昭君与40岁的呼韩邪并辔而行,笑容可掬地检阅着自己的臣民。似乎,这位秭归山坳里的漂亮姑娘,在西北的大漠里找到了爱情。

而远在汉宫的汉元帝却在王昭君离开3个月后驾崩。第二年，王昭君为呼韩邪单于生下一子，取名伊屠智牙师，封为右日逐王，又过了一年，呼韩邪去世，这年王昭君22岁。

按照匈奴习俗，王昭君要再嫁给新继位的单于。昭君上书汉廷求归，汉成帝敕令"从胡俗"，无奈中王昭君嫁给呼朝邪单于的长子复株累单于。此后的11年，大概是昭君人生最稳定的时期，与复株累单于生下了两个女儿，冷清的毡房里，照进了阳光，阳光沐浴的毡房里，传出了孩子们清脆的欢笑声。

就这样，西汉与南匈奴相安无事地过了近半个世纪。公元前20年，复株累单于死了。这回，没人迫使王昭君改嫁了。朝廷似乎早把她忘了，长安没再发布新的指令。

又寡居了一年，王昭君撒手西去。她被葬在大黑河南岸，墓地至今尚在今天内蒙古包头西南五十里的黄河岸边。入秋以后，塞外草色枯黄，唯昭君墓上青葱一片，于是昭君墓被叫作"青冢"。一切都过去了，那个死时才34岁，明眸皓齿、杨柳细腰的女子，留在大漠，再也回不来了。

昭君出塞的故事，从西汉到元初，经历了诸多演变。它最早见于《汉书·元帝纪》和《汉书·匈奴传》，晋代葛洪的《西京杂记》里增加了毛延寿、陈敞、刘白等多位画工，但比《西京杂记》稍后的《后汉书》并未采信这一传说。此后的笔记小说和文人诗篇又把受贿作弊的画工，都集中在毛延寿一人身上。

唐代敦煌的《王昭君变文》是昭君故事在民间流传过程中的重大发展。它一反正史的记载，把汉元帝时期民族矛盾的形势描绘为匈奴强大、汉朝虚弱，把昭君出塞看作朝廷屈辱求和的表现。它叙述了画工画图，单于按图求索，以及王昭君到匈奴后，因思念乡国，愁肠百结，终不可解，直至愁病身亡等情节。

而后世王昭君的故事大多在《王昭君变文》基础上，汲取历代笔记小说和民间讲唱文学改编而来。不可胜数的诗词也歌颂着她的故事。杜甫《咏怀古迹》（其三）写道：

> 群山万壑赴荆门，生长明妃尚有村。
> 一去紫台连朔漠，独留青冢向黄昏。
> 画图省识春风面，环佩空归月夜魂。
> 千载琵琶作胡语，分明怨恨曲中论。

王昭君在历史上又被称为"明妃",因为西晋时为避司马昭的讳,改"昭君"为"明君",后渐渐有"明妃"一说,杜甫借他人之酒杯浇自己心中块垒,抱怨帝王不识人。

古往今来,王昭君的名字,同"悲""怨""叹"联系在一起。红颜薄命、怀才不遇,最易触起文人的通感,加上历代连绵的民族矛盾,常使后人忽视了昭君和亲的性质。他们以此谴责文武大臣的无能,这类诗如王元节《青冢》:"环佩魂归青冢月,琵琶声断黑山秋。汉家多少征西将,泉下相逢也合羞!"凡此种种,不同程度地影响着《破幽梦孤雁汉宫秋》(简称《汉宫秋》)。

《汉宫秋》是元曲家马致远所作的一本杂剧。在这部4折1楔子的剧中,汉元帝因后宫寂寞,听从毛延寿建议,从民间选美。王昭君美貌异常,但因不肯贿赂毛延寿,遭其在美人图上落痣污容,因此入宫后独处冷宫。汉元帝深夜偶然听到昭君弹琵琶,爱其美色,将她封为明妃,要将毛延寿斩首。毛延寿逃至匈奴,将王昭君画像献给呼韩邪单于,让他向汉王索要王昭君为妻。元帝舍不得王昭君和番,但满朝文武怯懦自私,无力抵挡匈奴大军入侵。王昭君为免刀兵之灾自愿前往,汉元帝忍痛送行。单于得到王昭君后大喜,率兵北去,王昭君不舍故国，在汉番交界的黑龙江里投水而死。单于为避免汉朝寻事，将毛延寿送还汉朝。汉元帝夜间梦见王昭君而惊醒，又听到孤雁哀鸣，伤痛不已，后将毛延寿斩首以祭奠王昭君。

近代著名学者王国维在《录曲余谈》中说："余于元剧中得三大杰作焉：马致远之《汉宫秋》，白仁甫之《梧桐雨》，郑德辉之《倩女离魂》是也。马之雄劲，白之悲壮，郑之幽艳，可谓千古绝品。"

《汉宫秋》所刻画的昭君，其实就是马致远自身思想的投射，他突破了此前以哀怨为核心的主题表达，通过儒家君子、士人精神的注入，使《汉宫秋》以及王昭君，如王国维所说的，展现出了一股雄劲之力。

"一身归朔漠，数代靖兵戎。若以功名论，几与卫霍同。"这是王昭君墓碑上的诗，说的是王昭君远嫁大漠和亲，使得几代太平，如果按功名论，她可以比得上卫青、霍去病了。这个寻常人家的女子，因为不得已的远嫁，客观上让西汉与南匈奴相安无事的状况延续了近半个世纪。她的悲壮也好，雄劲也好，这个美丽的女子对国家的贡献，一代代被我们传颂。

貂　蝉

三国时期，涌现出许多雄姿伟略的男子；巾帼不让须眉，三国女子也极富话题性。若论美色，貂蝉和大小乔、甄宓不相上下，若论胆识，貂蝉无愧三国第一美女称号。貂蝉，生卒年不详，中国古代四大美女之一。中国历史上倾国倾城的美女太多了，但在众多美女之中，最具传奇色彩的莫过于貂蝉。

相传，东汉末年，有一樵夫在深山打柴，听到山崖上婴儿的哭声，洪亮异常，惊得飞鸟都乱窜而逃。善良的樵夫循哭声而去。哭声从半山腰的一个石洞里传来，洞前是悬崖峭壁，有一棵参天古树屹立于前。樵夫冒险爬上树枝，慢慢挪近洞口，看到洞内的石桌上有一个斗篷裹着的女婴，粉雕玉琢，十分可爱。樵夫又惊又喜，上前小心抱起，女婴停止了哭泣。樵夫将女婴小心系在背上按原路下山。回家的路上，正巧遇见一位苍颜鹤发的老者，捋须而笑。老者对樵夫说这孩子长大后，必定是个美人。如不嫌弃，我给她起个名字。老者给女婴起名貂蝉，而后飘然而去。樵夫将小貂蝉抱回家中悉心抚养，视若掌上明珠。15岁时，貂蝉被选入汉宫中，执掌朝臣戴的貂蝉冠（汉代侍从的帽饰）。

东汉末年，外戚势力与宦官横行朝堂，朝政日益衰败。汉灵帝继位后，沉迷酒色，重用宦官，致使中平元年（184年）爆发了震惊朝野的黄巾起义。在镇压黄巾军过程中，地方豪强崛起，趁机割据一方，形成汉末诸侯割据的局面，东汉名存实亡。

貂蝉被迫出宫。国色天香的貂蝉被司徒王允收为义女。王允见借助各路诸侯扳倒董卓已是无望，偶尔瞥见貂蝉，遂心生连环计策，貂蝉也愿为主人分忧。

王允先把貂蝉暗地里许给吕布，随后又把貂蝉献给董卓。吕布英雄年少，董卓老奸巨猾。为了拉拢吕布，董卓收吕布为义子，二人都是好色之人。而貂蝉周旋于这二人之间，送吕布以秋波，报董卓以妩媚。吕布自董卓收貂蝉入府为姬之后，心里不满。一日，乘董卓上朝时，吕布探视貂蝉，并约凤仪亭相会。貂蝉见吕布，假意哭诉被董卓霸占之苦，引起了吕布的愤怒。这时，正好被回府的董卓撞见。董卓怒而抢过吕布的方天画戟，直刺吕布，吕布飞身逃走，从此两人互相猜忌。王允趁机说服吕布，铲除董卓。

三国英雄的故事，在他们身后开始进入民间，貂蝉的故事也同样流传开来。元代杂剧中貂蝉戏已经是一个系列，《锦云堂暗定连环记》《夺戟》《关公月下斩貂蝉》等，说的都是貂蝉的故事。在《锦云堂暗定连环记》中，貂蝉小字红昌，灵帝时选入宫中，掌貂蝉冠。后来，皇帝把她赐给了并州刺史丁建阳，丁建阳又将其配给义子吕布。在黄巾之乱中，貂蝉与吕布失散，被王允收留。有一天，貂蝉在花园烧香，有着闭月之美的貂蝉使得王允想出连环计策。

在宋元讲史中，貂蝉也是吕布之妻，失散后流落到王允府中。在《白门楼》中，吕布白门楼被擒本来是咎由自取，但该戏却要让貂蝉对吕布的失败负责，并让她在受到痛骂之后被处死。《关公月下斩貂蝉》则写吕布被杀后，曹操重演"连环计"于桃园兄弟，赐貂蝉给关羽。为了不重蹈董卓、吕布的覆辙，关羽竟将貂蝉斩于月下。如果真的是这样，关二爷真的是太忠心太执拗了！

周剑云《论斩貂蝉》中评论："貂蝉无可责之罪，

吕布亦非可责貂蝉之人……彼三姓家奴，人品去貂蝉远甚，貂蝉不骂吕布足矣，布有何辞责骂貂蝉乎？若关公者，熟读春秋者也。西子奉勾践命，志在沼吴，与貂蝉奉司徒命，志在死卓、布父子，同一辙也。关公不责西施，而乃月下斩貂蝉？余敢谓关公圣人，必不为此杀风景事！"

关于貂蝉的戏曲和传说数不胜数，但貂蝉之名并不见于史籍。《后汉书·吕布列传》有这么一段："卓以布为骑都尉，誓为父子，甚爱信之。……尝小失卓意，卓拔手戟掷之。布拳捷得免……由是阴怨于卓。卓又使布守中阁，而私与傅婢情通，益不自安。"从这一记载里，可以看到貂蝉的影子——董卓的一位侍妾，而董卓与吕布的怨隙，也与这侍妾有关。《三国演义》中"董太师大闹凤仪亭"的故事，就是由此生发出来的。在这里，"傅婢"经过艺术家的加工创作，才变成光彩夺目的貂蝉形象。

也有学者认为貂蝉确有其人，梁章钜就是一个代表。在《归田琐记》中，他说："貂蝉事，隐据吕布传，虽其名不见正史，而其事未必全虚。"

平步青在《小栖霞说稗》中则肯定"是蝉固实有其人"。

另有学者发现，唐代开元年间的一本占星学书籍《开元占经》，记录了"刁蝉"其人其事。该书卷三十三上说："荧惑犯须女。占注云：《汉书通志》'曹操未得志，先诱董卓，进刁蝉以惑其君'。""荧惑"指的是火星，因其时隐时现，令人迷惑，得了此名。"须女"为二十八宿中的女宿，有4星，位于织女星之南。是指火星运行到女宿天区且与地球同位同向的天文现象。《汉书通志》说的是曹操进刁蝉，而小说、戏曲则说王允献貂蝉，其目的都是为了对付董卓。是否因为曹操是"治世之能臣，乱世之奸雄"，后人遂把曹操"进刁蝉"改为王允献貂蝉了呢？这也难说。

现在的问题是小说家写的"貂蝉"与《汉书通志》中的"刁蝉"是否是同一个人？有学者考据，古代的姓氏"貂"，亦作"刁"，二者相通。

到了现代，对貂蝉的研究又有了进一步进展。据专家考证，貂蝉，姓任，小字红昌，出生在并州郡九原县木耳村。村中传闻，早在红昌出生前三年，村里的桃杏就不开花了，至今桃杏树依然难以成活，据说是红昌有闭月羞花之貌的缘故。红昌15岁被选入宫中，掌管朝臣戴的貂蝉冠，从此更名为貂蝉。

不过，我们多数人对貂蝉的了解来自《三国演义》，而实际上早在元代《三国志平话》中就出现了貂蝉的身影。罗贯中在写《三国演义》时，将《三国志平话》作为参考资料，把貂蝉戏吕布的故事移植了过来，故事大意并未改变，只是略微修改了细节。

《三国演义》中描写：董卓得蝉当夜，即与"新人共寝"。吕布闻之大怒，潜入董卓房后窥探。貂蝉正在窗下梳头，见窗外池中有一人影，知道是吕布，于是就紧蹙双眉，并以香罗擦拭眼泪，表示自己是被迫从卓。吕布来到屋里，貂蝉在帘内微露半面，暗送秋波。董卓见此情景，心中疑忌，命令吕布退下。

吕布以勇武闻名，号称"飞将"，有"人中吕布，马中赤兔"之说。三国乱世，英雄辈出，有"武勇犹如霸王项羽"的孙策，有"长坂坡喝退百万曹兵"的张飞，有"过五关斩六将"的关羽，还有"虎痴"许褚，等等，这些猛将有的彼此交过手，有的从未相见，严格意义上说，我们无法准确判定谁强谁弱，所以三国猛将排行榜有很多版本，但无论是哪个版本，排在第一的永远都是吕布。可惜英雄难过美人关，中了连环计的吕布，背上了先姓丁、后姓董的"三姓家奴"骂名，实在令人唏嘘。

貂蝉理智地操纵自己的感情，从容不迫、左右自如地周旋于董卓、吕布之间，成功地借吕布之手除掉了董卓，结束了董卓专权时期，充分表现了貂蝉的机智。之后貂蝉成为吕布的妾，董卓部将李傕击败吕布后，她随吕布来到徐州。下邳一役后，吕布被曹操所杀，貂蝉跟随吕布家眷前往许昌，从此下落不明。

西施与范蠡归隐太湖，老有所终；王昭君出塞，为睦邻邦客死他乡，内蒙古草原上至今"青冢"犹存；杨贵妃因兵变被唐明皇赐死于马嵬坡，归宿问题在史书上留有根据。唯独貂蝉生死两茫茫，一缕香魂不知归于何处。

貂蝉就如水中月，镜中花，她隐没在薄雾里，看不清，走不进，被时光定格成传奇。她最后的结局究竟如何我们不得而知，她出生在乱世里，颠沛流离，后来似乎有了归宿，但命运又让那个男人离她而去。她生也是谜，死也是谜，这样的一生，还是太苦了一些。

历史如滚滚东流的长河，美人是盛开在彼岸的花。历经风吹雨打，依旧美艳如初的有许多朵，而这其中，最娇艳的便属貂蝉。历史总是惊人地相似，公元前5世纪，当第一位公认的四大美人西施，在春秋末期为国家以美人计献身后，700年后，东汉末年的貂蝉也以同样的方式让世人记住了她。

大乔　小乔

　　历史行进到了三国，在群雄割据的乱世中，有大乔和小乔这样的国色流离，在金戈铁马的岁月，多少会添上几笔暖色。相传，她们是乔公之女，庐江郡皖县（今安徽潜山）人，有倾国倾城之色、沉鱼落雁之姿。

　　东汉建安四年（199年），孙策将传国玉玺作为抵押物，从袁术那里借得千余兵马，在周瑜协助下，攻克皖城，恢复了江东祖业。乔公和他的两个女儿当时正住在皖城东郊。孙策慕名前来求亲，周瑜和他一道前来。陈寿《三国志》之《吴书·周瑜传》中说："从攻皖，拔之。时得桥公两女，皆国色也。（孙）策自纳大桥，（周）瑜纳小桥。"大桥、小桥即大乔、小乔，二人都美若天仙，常常让人分不清，孙策和周瑜也一样。孙策对周瑜说："我娶大乔，你娶小乔。"周瑜欣然同意。乔公看到这两位将军战功赫赫,神采飞扬,也有意将这双女儿嫁给他们。

这事儿悄悄传扬开来,甚至连远在洛阳的曹操、曹植父子都听说了江东二乔的美丽。

南朝宋裴松之注引《江表传》中有一句:"(孙)策从容戏(周)瑜曰:'桥公二女虽流离,得吾二人作婿,亦足为欢。'"(乔公二女虽然光彩照人,不过,得到我们两个人做女婿,也算快慰了吧。)孙策解嘲说。

《三国演义》中,孙策的绰号是"小霸王",被封吴侯。周瑜也是盖世英雄,精于音律,至今还流传着"曲有误,周郎顾"的民谚。《三国志》记载,孙策"美姿颜",周瑜"有姿貌",可见都是美男子;一对姐妹花,嫁给两个天下英杰,一个是威震江东的"孙郎",一个是文武双全的"周郎",按照传统看法,也算得美满姻缘了。

然而,翻阅历史,我们看到,大乔出嫁后,孙策仍东征西战,四个月后,孙策被前吴郡太守许贡的门客刺成重伤,生命垂危,回到吴国,派人寻请华佗医治。不料华佗已去中原,只有徒弟在吴国。徒弟说:"箭头有药,毒已入骨,其疮难治。"孙策去世,时年26岁。

死讯传到巴丘(现在的岳阳一带),周瑜星夜赶回来奔丧。吴太夫人领着二乔和孙权出来，当面将孙权托付给周瑜。当时，大乔也就20岁吧，一代佳人从此朝朝啼痕夜夜孤衾。清代薛福成《庸盦笔记》中说，大乔在孙策死后哭泣数月而卒，这大概只能是后世传说而已。

发生在东汉建安十三年的赤壁之战，孙权、刘备联军以少胜多、以弱胜强，大破曹操大军，奠定了三国分立的基础。而孙刘联军的统帅，就是"羽扇纶巾，谈笑间，樯橹灰飞烟灭"的周瑜。赤壁之战后，周瑜又率军攻破曹仁军，占领江陵，控制了长江中游地带；他还曾向孙权提出软禁刘备，夺其地盘、部属的建议，只是未被采纳。建安十五年，在准备征伐益州途中，周瑜新旧伤并发去世，时年36岁。

这一年，小乔不过30岁。周瑜留下二子一女，是否皆为小乔所生，已不可考。但由于周瑜的特殊功勋，孙权待其后人也特别优厚：其女嫁给孙权的太子孙登；长子周循，取了当朝公主，拜骑都尉，颇有周瑜遗风，可惜"早殇"；次子周胤，亦娶宗室之女，后封都乡侯，但因"酗淫自恣"，屡次被废爵迁徙，不过最终仍被孙权赦免。

周瑜故去600多年后，诗人杜牧在七言绝句《赤壁》中，对小乔的命运有了另外一种暗示："东风不与周郎便，铜雀春深锁二乔。"《三国演义》也根据这段传闻，这样描述：

孔明曰："亮有一计：并不劳牵羊担酒，纳土献印；亦不须亲自渡江；只须遣一介之使，扁舟送两个人到江上。操一得此两人，百万之众，皆卸甲卷旗而退矣。"

瑜曰："用何二人，可退操兵？"

孔明曰："亮居隆中时，即闻操于漳河新造一台，名曰铜雀，极其壮丽；广选天下美女以实其中。操本好色之徒，久闻江东乔公有二女，长曰大乔，次曰小乔，有沉鱼落雁之容，闭月羞花之貌。操曾发誓曰：吾一愿扫平四海，以成帝业；一愿得江东二乔，置之铜雀台，以乐晚年，虽死无恨矣。今虽引百万之众，虎视江南，其实为此二女也。将军何不去寻乔公，以千金买此二女，差人送与曹操，操得二女，称心满意，必班师矣。此范蠡献西施之计，何不速为之？"

瑜曰："操欲得二乔，有何证验？"

孔明即时诵《铜雀台赋》云："立双台于左右兮，有玉龙与金凤。揽二乔于东南兮，乐朝夕之与共。"

瑜曰："吾与老贼誓不两立！"

赤壁之战，也为二乔吗？

实际上，赤壁之战发生在建安十三年，而铜雀台则是赤壁之战之后的建安十五年所建造，就算曹操俘虏了二乔，又怎么可能出现"铜雀春深锁二乔"？杜牧不可能不了解这段历史，他也并非故意歪曲史实。这就是历史与文学的区别，文学有感于历史却不受史实的束缚，不被历史的细节限制了想象力。罗贯中也是基于文学的需要，对史实进行演绎的。

《三国演义》里这样描述铜雀台："却说曹操于金光处，掘出一铜雀，问荀攸曰：'此何兆也？'攸曰：'昔舜母梦玉雀入怀而生舜。今得铜雀，亦吉祥之兆也。'操大喜，遂命作高台以庆之。乃即日破土断木，烧瓦磨砖，筑铜雀台于漳河之上。"这个情节大概是罗贯中虚构出来的吧，他用文学的手法塑造了一个活色生香的铜雀台。

铜雀台位于河北临漳县境内，初建于建安十五年，后赵、东魏、北齐的时代，屡有扩建。建安十八年，曹操在铜雀台南建造了一座金虎台，后来改名金凤台。第二年，又在铜雀台北面建造了一座冰井台，合称三台。三台之间用阁道式浮桥相连，其中，铜雀台最为壮观，台上楼宇连阙，飞阁重檐，雕梁画栋，气势恢宏。据史书记载，铜雀台最鼎盛时台高10丈，台上又建5层楼，离地一共27丈。按汉制1尺合市尺7寸算，也高达63米。

铜雀台也是建安文学的发源地，曹操、曹丕、曹植、王粲、刘桢等，经常聚集在铜雀台上吟诗作赋，直抒胸襟。相传，曹操曾在铜雀台上接见并宴请才女蔡文姬，蔡文姬就是在铜雀台演唱了著名的《胡笳十八拍》。

有关二乔和孙策、周瑜的故事，很大程度上源于后人的美好愿望。有人认为，从史书的"纳"可以看出，二乔在家中的地位仅仅是妾。也有人认为仅凭一个"纳"字不能推断二乔的身份为"妾"，因为《三国志》里同样有娶妻用"纳"字的记载。《三国志·蜀书·二主妃子传》记载："先主既定益州，而孙夫人还吴，群下劝先主聘后。先主疑与瑁同族，法正进曰：'论其亲疏，何与晋文之于子圉乎（也就是说，不要怕，晋文公连亲侄子的老婆都娶了，你娶的就是一个远得不能再远的同族弟媳妇而已)?'于是纳后为夫人。建安二十四年,立为汉中王后。"

无论如何,在战乱频仍的时光里,能与英雄相伴,也算是不幸中的万幸。都说文史不分家,中国人观察浩瀚的中华文明,向来用的是历史和文学这两只眼睛。我们读这些诗词歌赋:

铜雀台赋
曹 植

从明后而嬉游兮,登层台以娱情。
见太府之广开兮,观圣德之所营。
建高门之嵯峨兮,浮双阙乎太清。
立中天之华观兮,连飞阁乎西城。
临漳水之长流兮,望园果之滋荣。
仰春风之和穆兮,听百鸟之悲鸣。
天云垣其既立兮,家愿得而获逞。
扬仁化于宇内兮,尽肃恭于上京。
惟桓文之为盛兮,岂足方乎圣明!
休矣美矣!惠泽远扬。
翼佐我皇家兮,宁彼四方。
同天地之规量兮,齐日月之晖光。

永贵尊而无极兮，等年寿于东王。

赤　壁
杜　牧

折戟沉沙铁未销，自将磨洗认前朝。
东风不与周郎便，铜雀春深锁二乔。

念奴娇·赤壁怀古
苏　轼

　　大江东去，浪淘尽，千古风流人物。故垒西边，人道是，三国周郎赤壁。乱石穿空，惊涛拍岸，卷起千堆雪。江山如画，一时多少豪杰。

　　遥想公瑾当年，小乔初嫁了，雄姿英发。羽扇纶巾，谈笑间，樯橹灰飞烟灭。故国神游，多情应笑我，早生华发。人生如梦，一尊还酹江月。

是文学还是历史，谁能分得清楚？

蔡文姬

三国时期是名士名将纵横的时代，也是杰出文人辈出的时代。三国文学中以曹魏文学最盛，被后人称为"建安风骨"或"汉魏风骨"。建安文学代表人物有"三曹"及"建安七子"。其他文学家还有邯郸淳、蔡琰、繁钦、路粹、丁仪、杨修、荀纬等。曹操沉雄豪迈，著有《短歌行》等，曹丕著有文学文艺理论作品《典论·论文》，反映文学开始自觉发展，曹植具有浪漫气质，著有《洛神赋》。建安七子与蔡琰、杨修等人关心现实，面向人生，他们的作品反映了汉末以来的社会变故和人民所遭受的苦难。这其中最引人注目的是蔡琰，在建安文坛上，蔡琰以才华著称，她是我国文学史上第一位博学出众的女诗人，她的作品根据《隋书·经籍志》著录有1卷，但保存下来的只有3首诗，即五言

《悲愤诗》、骚体《悲愤诗》以及《胡笳十八拍》。

蔡琰，字文姬（一说字昭姬，晋朝避司马昭讳称文姬）。陈留郡圉县（今河南省杞县）人，东汉文学家蔡邕之女。

蔡文姬自小受到良好教育，"博学有才辩，又妙于音律"，9岁那年的一天夜间，父亲蔡邕弹琴，突然断了一根弦，蔡文姬说："是第二根弦断了。"蔡邕说："你不过是偶然说中罢了。"又故意弄断另一根弦，蔡文姬说是第四根。从此，蔡邕教女儿学琴，两年后，琴艺便成，父亲把最珍爱的焦尾琴送给她。蔡邕还是位大书法家，并创造了八分字体。蔡文姬12岁那年，书法已得蔡邕真传，既稳重端庄，又飘逸顿挫。韩愈曾说："中郎（蔡邕）有女能传业。"其笔墨宋刻《淳化阁帖》有收录。相传，蔡邕的字由神人传授，传给蔡文姬，蔡文姬传给钟繇，钟繇传给卫夫人，卫夫人传给王羲之。14岁，蔡文姬的文学才华更是光耀一方，诗书礼乐无不通晓。

蔡文姬一生三嫁。16岁时，嫁给河东卫仲道，卫仲道早亡，二人又没有子嗣，蔡文姬回到自己家里。兴平二年（195年），中原先后有董卓、李傕等作乱关中，董卓中了王允的美人计和反间计后，被吕布杀死。

蔡文姬的父亲蔡邕曾被董卓强拔为官，因感念董卓的知遇之恩，感叹了几声，没想到这成了司徒王允害死他的缘由，尽管蔡邕久负盛名。

蔡文姬痛失父亲。

蔡文姬的不幸远没有结束。关中大乱，匈奴趁机劫掠，蔡文姬被匈奴掳走，成为左贤王的妻子，在北方生活了12年，并生下两个孩子。

曹操统一北方后，掌握东汉实际权力。曹操当初师从蔡邕，二人又互为知己，感念蔡邕才学，曹操不惜花费"白璧一双，黄金千两"从匈奴手中赎回了蔡文姬。

在回程途中，蔡文姬感伤自己的经历，写下名传千古的古乐府琴曲《胡笳十八拍》。这是一首由18首歌曲组合的声乐套曲，长达1297个字，原载于宋郭茂倩《乐府诗集》卷五十九以及朱熹《楚辞后语》卷三，曲中思乡的喜悦和骨肉分离的悲伤交融在一起，令人闻之落泪。郭沫若考证，突厥语称"首"为"拍"，"十八拍"即18首之意。又因该诗是她有感于胡笳的哀声而作，所以名为《胡笳十八拍》或《胡笳鸣》。明朝人陆时雍在《诗镜总论》中说："东京风格颓下，蔡文姬才气英英。读《胡笳吟》，可令惊蓬坐振，沙砾自飞，真是激烈人怀抱。"

蔡文姬回到故乡，眼前的老屋断壁残垣，父亲没了，甚至连一个亲人都没有见到，她已无栖身之所。她吟唱她的《胡笳十八拍》，她思念她的两个孩子。可是，家在哪里？她又能上哪里去呢？

对于蔡文姬来说，幸好，还有曹操。在曹操的安排下，蔡文姬嫁给同乡屯田校尉董祀，那年她35岁。而董祀正当鼎盛年华，通书史，谙音律，自视甚高。

婚后第二年，董祀犯下了当死的罪。好不容易有了一个亲人的蔡文姬不得已向曹操求情。那一日，曹操正宴请公卿名士，面对满堂的宾客，曹操说："蔡邕的女儿在外面，今天让大家见一见。"而这时的蔡文姬，披散着头发，光着脚，上前叩头请罪，但说话条理清晰，情感酸楚哀痛，满堂宾客为之动容。曹操说："可是，降罪的文书已经发出去了，怎么办？"蔡文姬说："你马厩里的好马成千上万，勇猛的士卒不可胜数，还吝惜一匹快马来拯救一条垂死的生命吗？"曹操被蔡文姬感动，赦免了董祀。蔡文姬为丈夫求情时，外面天寒地冻，她没有穿鞋袜，又披散着头发，曹操见了赶紧给她拿来头巾、鞋子和袜子。

曹操又问："听说你家原来有很多古籍，现在还能想起来吗？"蔡文姬说："当初父亲留给我的书籍有四千余卷，但因为战乱大多遗失了，保存下来的很少，现在我能记下的，只有四百余篇。"曹操说："我派十个人陪夫人写下来，可以吗？"蔡文姬说："男女授受不亲，给我纸笔，我一个人写给你。"之后，蔡文姬将所记下的古籍内容写下来送给曹操。

蔡文姬回家后，伤感之余写下两首《悲愤诗》，一首五言体，一首骚体。骚体《悲愤诗》旨在抒情，首尾两节对被俘入胡和别子归汉的经历都比较简略，中间大篇幅自然风景用以渲染蔡文姬离乡背井的沉痛悲愤。

五言体的《悲愤诗》全诗108句，共计540字，是中国诗歌史上第一首文人创作的自传体长篇叙事诗。这首诗中写：

> 有客从外来，闻之常欢喜。迎问其消息，
> 辄复非乡里。邂逅徼时愿，骨肉来迎己。

这是说蔡文姬在匈奴的时候，听到有人从南方来，就很高兴地向其询问家乡的消息，但较为失望的是，这些人都不是从自己的家乡来。

而等到曹操派人来接她回去的时候，她又舍不得两个孩子：

儿前抱我颈，问母欲何之。人言母当去，岂复有还时。阿母常仁恻，今何更不慈。我尚未成人，奈何不顾思。见此崩五内，恍惚生狂痴。号泣手抚摩，当发复回疑。

一面是自己的故国，另一面是自己的骨肉至亲，蔡文姬当时的心绪是回归故里的喜悦和骨肉永别的悲痛，让人读之潸然。

等她回到了故里，父亲早已去世，门庭已经衰败，在故国举目无亲，心灰意冷是必然的，这时她又想起滞留在北地的两个孩子：

念我出腹子，胸臆为摧败。既至家人尽，又复无中外。

在蔡文姬看来，故国既然已经没有了亲人，对她来说，中原和漠北又有什么区别？

清代诗论家张玉毂称赞蔡琰的五言诗："文姬才欲压文君，《悲愤》长篇洵大文。老杜固宗曹七步，办香可也及钗裙。"大意是说蔡琰的才华压倒了汉代才女卓文君，曹植和杜甫的五言叙事诗也是受到了蔡文姬的影响。

而这也是蔡文姬能在文坛上凭借寥寥几篇作品就能占据高位的原因所在。

写完《悲愤诗》之后，历史从此再无蔡文姬的相关记载。她生年不详，卒年亦是不详。

但是，我们知道的是，中国历史上第一位有名有姓的诗人是屈原，第一位有名有姓的女诗人是蔡文姬。国际天文学联合会1979年颁布了310座水星环形山的专有名称，命名借用了世界历代著名文学艺术家的名字。中国有15位杰出的文学艺术家名字登上了水星环形山，蔡琰环形山就是其中之一。

可是，如果现世安稳，亲人团聚，谁又愿将一生的幸福换作挂在天上的星星呢？

谢 道 韫

我国自古不缺才女。前有"愿得一心人，白头不相离"的卓文君、精通掌故续写历史的班昭、上知天文下知地理的蔡文姬，后有巾帼宰相之名的上官婉儿、千古第一才女李清照，后世对她们津津乐道，崇拜不已。谢道韫也是她们其中的一位。

谢道韫，字令姜，陈郡阳夏（今河南省太康县）人，东晋宰相谢安的侄女，安西将军谢奕的女儿，母亲阮容，与阮籍、阮咸是一家人。谢道韫为长女，有弟弟谢寄奴、谢探远、谢渊、谢攸、谢靖、谢豁、谢玄、谢康八人，妹妹谢道荣、谢道粲、谢道辉三人。陈郡谢氏家族，自从山东南迁，到谢玄时代，已经是"诗酒风流"的名门望族。

《世说新语》这样记载：在一个大雪漫天的日子，

谢安与子侄们讨论用何物可比喻飞雪。谢安的侄子谢朗说："撒盐空中差可拟。"谢道韫则说："未若柳絮因风起。"谢道韫这个精妙绝伦的比喻受到大家称赞。一般认为，谢道韫写出的是神似，是一种风流态度。柳絮如无根之物，恰似当年渡江侨居的世家大族，而那个时候的谢道韫才七八岁。

因为这个著名故事，"咏絮之才"也成为后来人称许有文才的女性的常用词语。还可能因为这个著名故事，《三字经》中说："蔡文姬，能辨琴。谢道韫，能咏吟。"使谢道韫从此与蔡文姬齐名。

另有一次，叔父谢安问她，"《毛诗》中何句最佳？"谢道韫答道："诗经三百篇，莫若《大雅·嵩高篇》云：'吉甫作颂，穆如清风。仲山甫永怀，以慰其心。'"谢安大赞谢道韫雅人深致。

古代女子一辈子最重要的事情之一就是有段好姻缘，为此，叔父谢安没少操心。魏晋时代，陈郡谢氏与琅琊王氏，是两大望族。"朱雀桥边野草花，乌衣巷口夕阳斜。旧时王谢堂前燕，飞入寻常百姓家。"诗里提到的王谢，就是指琅琊王氏与陈郡谢氏。作为显赫一时的江左高门，有"王与谢共天下"的说法。出于门当户对的考虑，谢安在琅琊王氏——王羲之的儿子当中物色侄女婿。他最先看中的是王徽之，但又听说此人不拘小节，遂改变了初衷，将谢道韫许配给王凝之。

王凝之是王羲之的次子，善草书、隶书，先后出任江州刺史、左将军、会稽内史，却信五斗米教。婚后不久，谢道韫回到娘家，一直闷闷不乐，谢安奇怪，问道："王郎，是逸少（王羲之）之子，不是庸才，你为什么不开心？"谢道韫回答："谢家一族中，叔父辈有谢安、谢据，兄弟中有谢韶、谢朗、谢玄、谢渊，个个都很出色，没想到天地间，还有王郎这样的人！"言下之意是，这个丈夫让她失望。

封建社会，女子以温柔顺从为美德，而谢道韫不同，自小良好的教育和自身才气，让她有了女性的独立意识。婚姻之事，冷暖自知。谢道韫幸福与否，后来的我们也只能从历史的烟尘中揣测。但谢道韫不限于闺阁之中的才华，却是有目共睹。

魏晋时期，崇尚清谈之风。谢道韫自幼聪慧，谙熟经史，思路清晰，于谢家内院清谈难逢对手。有一天，王凝之的弟弟王献之在厅堂上与客人谈议，辩不过对方。在外倾听的谢道韫有些着急，想帮他一下，遂派遣婢女告诉王献之要为他解围。

《晋书》这样记录："凝之弟献之尝与宾客谈议，词理将屈，道韫遣婢白献之曰：'欲为小郎解围。'"谢道韫让婢女在门前挂上青布幔，遮住自己，然后就王献之刚才的议题与对方继续交锋，她旁征博引，论辩有力，最终客人理屈词穷。

当时，有人把同郡的张彤云与谢道韫相提并论，张彤云是张玄的妹妹，论家世自然不及谢家。张彤云嫁到顾家。朱、张、顾、陆是江南的四大世家，张玄也常常自夸自己的妹妹比得上谢道韫。当时有一个叫济尼的雅士，常常出入王、顾两家，有人问济尼，谢道韫与张彤云谁更好一些。济尼回答："王夫人神情散朗，故有林下风气；顾家妇清心玉映，自有闺房之秀。""林下"指魏晋时期的"竹林七贤"，他们以行为旷达著称。而"神情散朗"是嵇康的气质，是刘伶的风度，是曹植的舒旷，是陶渊明的闲适，是那个时代名士的风流。翻遍二十四史，恐怕再难找到第二个担得起这四个字的女子了。余嘉锡先生曾评价说："道韫以一女子而有林下风气，足见其为女中名士。至称顾家妇为闺房之秀，不过妇人中之秀出者而已。不言其优劣，而高下自见，此晋人措辞妙处。"

公元399年，爆发孙恩卢循起义，兵锋直指会稽。而此时的会稽内史，正是谢道韫的丈夫王凝之。按理说，敌军进犯，王凝之作为地方长官应该组织人马御敌才对，可王凝之却既不出兵也不设防，而是寄希望于他所深信的五斗米教。恰好孙恩也是五斗米教的信徒，王凝之就更加坚信孙恩一定不会真的攻打会稽。

敌军很快兵临城下，官署一日三报，请求出兵抗敌，可王凝之却说："我已经请来了鬼兵，把守住各处要道，孙恩的叛军根本攻不进来，你们就放心吧。"结果，孙恩轻松攻下了会稽城，会稽城中顿时成为人间地狱，信奉五斗米教的王凝之直到生命尽头也没能等来他的保护神。

谢道韫顾不得悲伤，她组织家丁和女眷一起迎战强敌。敌军杀到府上后，谢道韫自己手持长剑，身先士卒，连砍杀数名敌军，与家中的女眷一起保护三岁的外孙刘涛突围，但终因寡不敌众被俘。

谢道韫虽败不乱，昂然说道："事在王门，何关他族！必其如此，宁先见杀。"这段话不卑不亢，她说的是如果你们非杀这孩子不可，就踏着我谢道韫的尸体过去吧。孙恩此前听说过谢道韫是一位才华出众的女子，今日又见她如此毫不畏惧，顿生敬仰之情，非但没有杀死她的外孙，还派人将他们送回会稽。

这场战乱带给谢道韫的伤痛是永远的。在这场战乱中，她失去了丈夫和所有孩子，谢家的许多族中子弟也非死即伤。权倾天下的王谢两家，尝到了繁华背后苦涩的泪水。

孙恩起义被平定后，新任会稽郡守刘柳曾去拜访谢道韫。谢道韫究竟跟他说了些什么，不得而知，但事后，刘柳逢人就夸奖谢道韫说："内史夫人风致高远，词理无滞，诚挚感人，一席谈论，受惠无穷。"

经此大难后，谢道韫足不出户，终日与诗书为伴。其作品《隋书·经籍志》载有诗集两卷，已经亡佚。《艺文类聚》保存其《登山》（又名《泰山吟》）和《拟嵇中散咏松》两首诗，《全晋文》收其《论语赞》。在《拟嵇中散咏松》诗中最后一句是"时哉不我与，大运所飘摇"，这是她身不由己、时不我与的悲伤感慨。

许多人听闻了谢道韫的传奇，纷纷慕名而来。对于那些仰慕她的人，她始终以礼相待。她端坐在素色帘幕的后面，与拜访者侃侃而谈。后来求学者越来越多，谢道韫索性开设学堂，传道解惑，在教书育人中平静地度过了余生。

从现代人的视角来看，魏晋时期是历史上精神自由、解放、热情的朝代。士族的诞生，同时也打破了汉武帝以来"罢黜百家、独尊儒术"的局面，玄学随之兴起，儒家男尊女卑的观念受到冲击，女性的束缚相对减轻，所以，魏晋女性呈现出一种前所未有的精神风貌。她们突破"三从四德"礼教纲常的束缚，大胆彰显自己的个性和才情，这一时期，催生了许多才女。据《隋书·经籍志》记载，魏晋时期能诗善赋的女性很多，如谢道韫、左棻、卫夫人等。两晋妇女有集者12人，共40卷，其中谢道韫最为世人所推崇。

一日，会稽城又下了一场大雪。谢道韫呆呆地看向庭院，她想，很多很多年前，也是这样的一场漫天飞雪，可是，她知道，"未若柳絮因风起"的感觉，她是再也找寻不回来了。

独孤伽罗

两汉时期，佛教传入中国。南北朝时期，佛教文化渐渐进入繁荣阶段。当时社会崇信佛法，北周太保独孤信也不例外。公元544年，他给刚出生的第七个女儿取了一个极富佛教色彩的名字"伽罗"，意为香炉木。他大概也不曾料到，这个如他所愿笃信佛教的女儿将会成为隋王朝开国皇后。

独孤伽罗的祖辈为鲜卑贵族，是北魏勋臣八姓之一。父亲独孤信在北魏六镇起义时以军功登上政治舞台，曾协助宇文泰开创霸业，位列西魏八柱国、大司马，北周时进太保、卫国公。他容貌俊美，号"独孤郎"，留下"侧帽风流"的典故。母亲崔夫人，出自清河崔氏，北魏永昌太守崔稚孙女、崔彦珍之女。清河崔氏是魏晋至隋唐时期的著名大族，源自姜姓。西汉时崔业定居清河郡东武城县（今河北省故城县），后世人于是称这一支崔姓"清河东武城人"。清河崔氏是中古时期首屈一指的汉族政治文化门阀，世代重视儒学和文化传承，家族成员为北魏统一黄河流域立下过汗马功劳。

遗传了父亲的容颜，加上良好的家庭熏陶，独孤伽罗从小就明是非、懂礼仪，是一个非常出众的姑娘。鲜卑族有母系遗风，旧俗"妇持门户"，《颜氏家训·治家篇》说："邺下风俗，专以妇持门户，争讼曲直，造请逢迎，车乘填街衢，绮罗盈府寺，代子求官，为夫叫屈。"在这种氛围里长大的独孤伽罗，既有父系游牧民族的独立英气，也有母系汉文化的博雅谦和。

独孤伽罗成长的年代，中华大地分裂为几个对立的政权：东魏、西魏和南朝。诸政权之间战争频繁，社会不得安定。加上家庭的特殊地位，独孤伽罗的视线早已越过闺阁之外。

杨坚是独孤信的老友杨忠的嫡长子，从小在寺院长大，性格深稳。北周孝闵帝元年（557年），独孤信将14岁的独孤伽罗许配给了17岁的杨坚。这是一桩门当户对的亲缘联姻，此时的少年郎杨坚初入仕途，踌躇满志。

然而，在与权臣宇文护的争斗中，独孤信失败，被迫自杀，杨家自身也危机四伏。这一切促使孤独伽罗和杨坚携手度过一次次危机，他们二人相约白头偕老，"誓无异生之子"。

宇文护被周武帝宇文邕铲除，而杨家和宇文家频繁联姻，到周宣帝继位时，杨坚已经成了皇帝的岳父。因忌惮杨坚，周宣帝决定剪除杨家势力。第一步便是赐杨坚之女杨皇后自尽。史载："后母独孤氏闻之，诣阁陈谢，叩头流血，然后得免。"面对突如其来的威胁，独孤伽罗不顾身家性命，拯救杨家。

两年后，周宣帝驾崩，九岁的静帝继位，朝政被杨坚掌控。但到底是把静帝当傀儡，还是自己建立新王朝？杨坚陷入艰难抉择。

这个关键时刻，独孤伽罗派心腹入宫向丈夫进言："大事已然，骑兽之势，必不得下，勉之！"她很可能吸取了宇文护的教训，与其做权臣身败名裂，不如干脆自己当皇帝。妻子一句话点破了杨坚。隋开皇元年（581年）二月十四日，杨坚即皇帝位，建立隋朝，三天后册封独孤伽罗为皇后，独孤皇后也是中国历史上罕见的对君主终生保持有强烈影响力的后妃。

在独孤皇后的辅佐和支持下，隋文帝迅速稳定了政局，领导着以高颎为首的能臣干将，开始了一系列大刀阔斧影响深远的全面改革。他恢复汉制，建立以汉文化为主导的意识形态理念；他改革官制，正式确立分工明确的以三省六部为主体的中央官僚体系；他开创科举制度，开始了打破世家门阀垄断政治、文化资源的第一步；他修订律法，废除大量酷刑，制定出影响之后整个中国封建社会法制建设的《开皇律》，首创死刑三奏而决制度；他休养生息，减轻农民负担……隋文帝完成的这一系列改革，深远地影响了之后的唐朝以及未来一千多年封建王朝的发展，史称"开皇之治"，独孤皇后对此功不可没。

隋文帝每次上朝，独孤皇后必与他同辇而行，至殿阁而止，派宦官跟随沟通联络，"政有所失，随则匡正，多有弘益"。待到隋文帝下朝，她早已在等候，夫妻"相顾欣然"，一起回宫，同起同居形影不离。在平常生活中，一有闲暇，她便手不释卷。隋文帝对这位爱妻是既宠爱又信服，几乎是言听计从，宫中也同尊帝后为"二圣"。

独孤皇后虽然深度参与国家管理，但她能够严于律己。隋文帝对独孤皇后的宠爱满朝皆知，有人趁机上奏讨好皇后："根据《周礼》，百官之妻的命妇头衔都应该由皇后授予，请求恢复古制。"独孤皇后一口拒绝，她认为：如果让皇后册封命妇，恐怕会开了妇人参与国务活动的口子，甚至发展到干权乱政的程度，所以此举不妥。

开皇初年，突厥和隋朝互市，出售一筐价值800万钱的明珠。有人劝独孤皇后买下来，独孤皇后说："非我所须也。当今戎狄屡寇，将士疲劳，未若以八百万分赏有功者。"一下子赢得满朝归心，这为新生的政权树立了良好的政治形象。

高颎父亲原来是独孤信家的宾客，在独孤家落难时，高家依然和独孤皇后保持了紧密联系，高颎也很有才干，独孤皇后便把他推荐给隋文帝。高颎位居首辅十余年，虽经历多次政治风浪，但一直有独孤皇后支持。然而，之后发生的一件事情改变了独孤皇后对高颎的看法，也改变了高颎的命运。

有一天，独孤皇后对杨坚说："高仆射晚年丧妻，陛下怎能不为他娶妻？"杨坚将独孤皇后的话告诉高颎，高颎流泪说："我现在已经老了，退朝之后，唯有吃斋念佛而已。虽然陛下垂爱很深，甚至想帮我纳妻，但这不是我的意愿。"杨坚于是作罢。而这时高颎的爱妾生了个男孩，杨坚听说后十分高兴，独孤皇后却不高兴。杨坚问缘故，独孤皇后说："陛下还应该信任高颎吗？开始，陛下想为高颎娶妻，高颎心存爱妾，当面欺骗陛下。现在他的欺诈已显现，陛下怎能再信任他？"杨坚因此疏远了高颎。这也导致了高颎最终被杀。

隋文帝易怒，独孤皇后常常充当他与大臣之间的缓和剂。有人曾诬告大理少卿赵绰，隋文帝勃然大怒，要处其斩刑。赵绰认为其按律不当死，隋文帝很不高兴，拂袖退往内宫。赵绰追入宫中又谏。恰好独孤皇后在座，她很赏识赵绰的正直，命人赐给他两金杯酒，饮完后又把金杯一并赐给了他。隋文帝也才转怒为喜，接受赵绰意见，同意赦免罪犯死刑，改判革职流放。

隋代外戚很少有凭借私宠飞扬跋扈，这与独孤皇后能以身作则有很大关系。有一次，大都督崔长仁犯法当斩。一向执法甚严的隋文帝考虑到此人是皇后娘舅家的表兄弟，想赦免他。独孤皇后虽然心疼，但她还是对丈夫说："我怎能因亲私之情而置国法于不顾呢？"阻止了丈夫的徇私之举。

独孤皇后对德才兼备的女性极其推崇。南朝才子许善心的母亲范氏品德高尚、才学渊博，好学不辍的独孤皇后特意诏她进宫为自己讲读经典，文帝因此封范氏为永乐郡君。番州刺史陆让因为贪污下狱，数罪并罚当死。他是陆家庶出之子，嫡母冯氏赴朝堂请罪痛斥陆让，又泣涕哀切为庶子送别，替其向皇帝上表求情。独孤皇后被冯氏的气度感动，为她向隋文帝求情。隋文帝树冯氏为妇女典范，并且颁发诏书号召天下妇女学习其道德风范，陆让也因其母免去一死。

古人说，共患难易，守富贵难。然而，隋文帝与独孤皇后掌控至高权力20多年，彼此间却做到了毫无保留地相互信任。为独孤皇后，隋文帝不置嫔妾、六宫虚设，一起携手走过了45年人生风雨，相继育有五子五女，也践行了年少时的誓言："誓无异生之子"。

隋文帝晚年时，有次临幸了尉迟迥的孙女，这让一生骄傲自信的独孤皇后遭受打击，盛怒下杀死了尉迟氏，这个举动让独孤皇后背上了千古第一奇妒之名。隋文帝也很悲愤，想离家出走，直入荒山30多里。大臣追上，拦马苦谏。隋文帝叹息："我贵为天子，却不得自由！"驻马良久，半夜才回宫。据说，"惧内"一词，由此而来。

吕思勉曾说："鲜卑之俗，贱妾媵而不讳妒忌，（独孤）后固虏姓，高祖亦渐北俗。"独孤皇后强烈的自我意识与鲜卑妇女地位相对较高不无关系，独孤皇后宁可放弃名声，也要杀掉尉迟氏，维护自己追求一夫一妻的强烈愿望。

《隋书》对独孤皇后定下的"哲妇倾国"基调深远影响了后世对独孤皇后的评价。即使如此，正史仍然首先承认，独孤皇后是个被她丈夫宠爱了一辈子的妻子："帝未登庸，早俪宸极，恩隆好合，始终不渝！""恩礼绸缪，始终不易""高祖与后相得""高祖与独孤后甚相爱重"，唐朝人甚至还把已经快60岁的独孤皇后称为隋文帝的"宠妇"。

独孤伽罗14岁出嫁时，父亲独孤信就被赐死，家族流散。史书说，是杨坚和独孤伽罗"相得"，所以才发誓无异生之子女，杨坚这是决心爱护独孤伽罗一辈子。而独孤伽罗能这么理直气壮恃宠而骄，只有一个原因：爱——她知道杨坚愿意疼她爱她。性格、喜好、习惯、理想，从他们相逢的那一刻开始，在两情相悦中一日日磨合、一日日巩固。爱，至死不渝又有何难？

独孤皇后对爱的追求从某种意义上来说，称得上是封建社会里女性自我意识觉醒的鼻祖，因而在历代如烟云的女性中，她脱颖而出，哪怕背上千古第一奇妒之名，她也永远在历史的一页中闪耀其独特的个性光彩。

文成公主

文成公主（？—680）是唐太宗李世民时期的宗室女，祖籍山东济宁市任城，汉名无记载，其父亲史书也未记载，后世猜测是江夏郡王李道宗。李道宗是唐高祖李渊的堂侄，因战功被封为任城王。文成公主自幼受家庭熏陶，知书达礼，并信仰佛教。

松赞干布是藏族历史上的英雄，崛起于藏河（今雅鲁藏布江）中游的雅砻河谷地区。他统一藏区，成为藏族的赞普（"君长"之意），建立了吐蕃王朝。

吐蕃赞普松赞干布派遣特使出使大唐时，提出要娶一位大唐公主为妻，但遭到唐太宗拒绝。当时吐谷浑王诺曷钵入唐朝见，吐蕃特使便告诉松赞干布，唐朝拒绝吐蕃求婚的原因是吐谷浑王从中作梗。

唐贞观十二年（638年），松赞干布借口唐朝拒婚出兵击败吐谷浑、党项、白兰羌，直逼唐朝松州（今四川松潘），扬言若不和亲，便进兵唐朝。不过，在大将侯君集率领的大唐主力到达松州前，牛进达的先锋部队就已击败了吐蕃，松赞干布退出吐谷浑、党项、白兰羌。

唐贞观十四年，松赞干布派遣大相禄东赞携带黄金5000两及大量珠宝，率求婚使团再次来到长安。但是，天竺、格萨、大食、霍尔的国王也派了使臣前来求婚。唐太宗决定让婚使们比赛智慧，谁赢了，谁才可迎娶公主。禄东赞成功破解了五道难题，留下了吐蕃历史上著名的五试婚使的故事。直到如今，拉萨大昭寺和布达拉宫内仍完好地保存着描绘这一故事的壁画。

如果不是松赞干布再三请婚，文成公主也许会嫁给一个门当户对的公子，过着安静富贵的生活。然而，她的命运因为松赞干布改变了。从小在高墙之内安分守己的女孩，被皇帝认作女儿，从此踏上肩负民族友好历史重任的和亲之路。

《吐蕃王朝世袭明鉴》上说，文成公主的陪嫁有"释迦佛像、珍宝、金玉书橱、360卷经典、各种金玉饰物"，又有很多烹技食物，各类饮料，各种花纹图案的锦缎垫被，卜筮经典300种，用以分别善与恶的明鉴，营造与工技著作60种，治404种病的医方100种，医学论著4种，诊断法5种，医疗器械6种，还带了芜菁种子，等等。

在大唐送亲使江夏王李道宗和吐蕃迎亲专使禄东赞的伴随下，文成公主带着这些陪嫁前往吐蕃。他们从长安出发，途经西宁，翻日月山，向着拉萨的方向艰难前行。当时，道路不畅，交通不便，唯一可以依靠的就是马车。经过几个月的颠簸，送亲的队伍终于到达了吐蕃境内的柏海（今青海玛多县境内）。在这里，松赞干布已经等候多时了。谒见李道宗时，松赞干布行的是子婿之礼，一番寒暄和礼节之后，松赞干布把公主迎进了拉萨。

据吐蕃史书《贤者喜宴》记载，松赞干布亲自为文成公主加冕，封为王后，并专门修筑了城邑、宫室，供文成公主居住，这就是现在布达拉宫的前身。

文成公主不喜欢吐蕃人的"赭面"，就是以赤色涂脸，松赞干布立刻下令废止；文成公主带去了大唐的服饰，松赞干布赞叹不已，随即"释毡裘，袭纨绮，渐慕华风"。毡裘，即皮毛做的衣服；纨绮，即精美的丝织服饰。松赞干布也开始穿戴上大唐的丝绸服饰。

7世纪，唐朝拥有世界最先进的文化。随文成公主入藏的文士们受命记录松赞干布与大臣们的重要谈话，帮助整理吐蕃的相关文献；松赞干布还派吐蕃贵族子弟到长安学习诗书礼仪，聘请文士为他掌管表疏，又向唐请求给予蚕种及制造酒、碾硙、纸墨的工匠。唐人陈陶《陇西行》有诗说，"自从贵主和亲后，一半胡风似汉家"。可以说，文成公主的到来，让大唐和吐蕃的关系空前地密切起来。

唐太宗远征高句丽，得胜归来，松赞干布送上7尺金鹅；唐朝大将王玄策在天竺被围，松赞干布派兵去解围；李世民去世，松赞干布派专人过去祭奠并送上金银珠宝；唐高宗李治登基，松赞干布亲自写信过去，表达自己的忠心。

文成公主笃信佛教，松赞干布就下令建造小昭寺，供奉文成公主当初带来的释迦牟尼十二等身像。后来，这尊佛像又移入了大昭寺供奉。吐蕃人民也慢慢将文成公主神化为绿度母菩萨。绿度母三字皆有寓意，"绿"是草木生长的本色，代表万物生生不息的滋长之气，孕育着绿意盎然的生机与活力；"度"是度化一切苦难，转厄为慧；"母"是以母性独具厚德亲物的本性，来表现对于大千世界的包容性。绿度母这三个字，就是文成公主在吐蕃人心中的地位。

公元650年，松赞干布去世，王位由孙子芒松芒赞继承，当时芒松芒赞只有13岁，禄东赞辅政。吐蕃内部对于唐朝和吐蕃之间的关系产生一些不同的声音。但这并没有影响文成公主在吐蕃的地位。文成公主很少干涉吐蕃的国政，但在宗教方面，却拥有至高无上的权力。她供奉僧人，给寺院献上了大量的土地、奴隶和牲畜。而往来于吐蕃和唐朝的汉人僧侣，也得到了文成公主的资助。

佛经中说，度母悲心很重，仅向之祈祷即能急速感应、救度众生。而文成公主的确是像母亲一样，把大唐的生产技术、医药建筑、历算艺文、法律和佛经典籍带到了吐蕃，改善了雪域藏土的生活条件和生活习惯。

相传，是文成公主改变了藏族妇女生孩子的方式，使女人们四肢着地在草原上的生产方式改成了在床上。同时，她也改变了藏族人对待女人的方式，她的智慧和美丽，不仅使松赞干布一生爱她，也使藏族人民热爱她，崇拜她。

松赞干布死后的几年里，由于禄东赞的坚持，吐蕃和大唐继续保持了几年的友好，但是，禄东赞死后，吐蕃就对大唐发起了进攻，即"大非川之战"。670年，吐蕃进攻吐谷浑，大唐派出薛仁贵带兵出征，但是，由于大唐远征，吐蕃直接切断了大唐的粮草供应，导致大唐惨败，薛仁贵被俘。

而此时，作为大唐的女儿，文成公主左右不了这些军国大事，她唯一能做的就是每日到庙中祈福。

公元680年，文成公主去世，人们把她埋葬在了松赞干布陵墓的旁边。文成公主是唯一载入吐蕃史料，被正式祭祀过的松赞干布的后妃。

文成公主虽然跟松赞干布没有生育子嗣，但后世的赞普多以文成公主的后代自称。松赞干布时期是吐蕃的鼎盛期，而文成公主又是藏汉之间文化交流的第一座桥梁，她热爱藏族同胞，也深受百姓爱戴。文成公主与松赞干布的故事，以及推进藏族文化的功绩，至今仍以戏剧、壁画、民歌、传说等形式在汉藏民族间广泛传播，文成公主和松赞干布一起，被藏族人民崇敬、祭奠了上千年。

从宗室女儿到文成公主，再到一个民族的救世度母，一个女人的命运通过八千里路云和月最终成就了两个民族的传奇。

高阳公主

作为唐太宗的公主，高阳的运气不算太好。她是唐太宗李世民第十七女，生母不详，就是说，她出生时，李世民已经有一堆孩子，而她的母亲也不显贵。但高阳公主有自己的优势，不但貌美，而且冰雪聪明。众多姐妹中，她显得很出众：

高阳公主站在牡丹丛中，亭亭玉立，她那头比黑夜更乌黑细密的秀发挽成堕马髻，鬓边斜插着琉璃牡丹点翠金步摇，珠光宝气映在白皙细腻的皮肤上，映入比星辰更明亮的眸子里，足以入画。红襦裙上酥胸半掩，腰间鸳鸯白玉佩，绣花鞋上珍珠点，她轻盈的步伐宛若壁画中的飞天。

即便是这样的公主也难逃"被指婚"的命运，李世民将她嫁给"房谋杜断"中房玄龄的二儿子房遗爱，在父亲的眼中，这是一桩好婚姻。或许，与那些被嫁到北风呼啸、荒凉落寞的塞外公主相比，高阳还算幸运。但遗憾的是，这位名臣之子并没有继承父亲的优良品质，史书上评价他是："诞率无学，有武力。"放诞粗野，只会舞刀弄剑的一介武夫。

《旧唐书》中记述："初，主（高阳公主）有宠于太宗，故遗爱特承恩遇，与诸主婿礼秩绝异。"意思就是，因为高阳公主受到唐太宗宠爱，所以房遗爱待遇更为优厚，和别的驸马受到的礼遇都不一样。

辩机15岁剃度出家，才华横溢，文采斐然。玄奘法师最早的一批译经助手中，辩机以高才博识、译业丰富，又帮助玄奘撰成《大唐西域记》一书而名噪一时，而他取得这一切成就时，才26岁。

面对公主的追求，辩机没能像《西游记》里的师父唐僧那样守住佛心。在后人演绎的《大唐情史》中，高阳问辩机："我爱你，辩机。我爱你！你爱我吗？"

辩机说："不！"

高阳："我知道你永远会说不。可是，我爱你。"

辩机不爱高阳吗？

高阳问："今天的太阳和昨天的有什么不同？"

辩机答："昨天的太阳照耀我，今天的太阳燃烧我。"

他已经爱上了她。

明凌迪知《古今万姓统谱》中有一句:"唐,辩机,婺人,高阳公主。"这里面说,辩机是金华人(金华在唐初期称婺州),与高阳公主存在某种关系。对于辩机这个人,房遗爱清楚吗?应该是清楚的吧。玄奘法师取经归来后,辩机是最早的一批译经助手。当时的大臣许敬宗曾"奉诏监阅",而辩机和尚能够居住寺外,多半是许敬宗同意了的,否则,以唐代和尚出入寺庙需要登记的管理办法看,辩机如何敢独居在外?

从高阳对房遗爱的态度上看,她并不喜欢武夫,辩机这样的文人,会讲故事会讲经,又有学问,高阳觉得很新鲜。对辩机来说,性情奔放、没有三从四德约束的高阳也是新鲜的。

英俊饱学的辩机,成就了浪漫热烈的高阳公主的爱情梦,几年之后,一直在自我情感中四处逃避挣扎的辩机,被选去译经,没有再见到高阳公主。但他藏匿的公主赠送的玉枕,被小偷盗走,在销赃时被官府逮获。唐太宗大怒,下诏将辩机处以腰斩极刑。

辩机的死,让高阳的世界崩塌了。后来,她找和尚,找道士,找自称能见鬼的"奇人异士",但再也找不到可以代替辩机的人了。而辩机却以最污浊和最惨烈的方式终结了生命。在佛教史上，以至在中国古代史上，辩机是一位功罪难评、聚讼纷纭的人物。他被讥为淫僧、恶僧，名列正史，千百年来受到正统封建士大夫的口诛笔伐。但也有一些学者十分赞赏辩机的才华，对他早死十分惋惜。

在较早成书的《旧唐书》里并无提及高阳与辩机的事情，而是记载了高阳公主在房家搅和、与丈夫参与谋反等事情。宋太宗时期的《太平御览》中也没提及"私通"一事。第一次把这件事情摆到台面上来的是宋仁宗时编成的《新唐书》："主负所爱而骄。房遗直以嫡当拜银青光禄大夫，让弟遗爱，帝不许。玄龄卒，主导遗爱异赀，既而反谮之，遗直自言，帝痛让主，乃免。自是稍疏外，主怏怏。会御史劾盗，得浮屠辩机金宝神枕，自言主所赐。初，浮屠庐主之封地，会主与遗爱猎，见而悦之，具帐其庐，与之乱，更以二女子从遗爱，私饷亿计。至是，浮屠殊死，杀奴婢十余。"从史料看，起因是房遗爱和房遗直争嗣，直接导致高阳公主失宠。玉枕被盗，高阳与辩机的事情被唐太宗知道，震怒下旨处死辩机，杀奴婢十余。《新唐书》乃正史，但也是一本被公认糅杂了许多野史杂记、笔记小说的史书，这也是高阳化为淫荡史料形象的开始。到如今，因为没有更为翔实的史料佐证，尽管研究者提出种种考证质疑，但仍不足以推翻《新唐书》为高阳的定位。

我心疼高阳，虽然她被归类于唐代臭名昭著的三大公主——高阳公主、太平公主和安乐公主之一，只因为辩机的缘故。高阳的眼光还是蛮好的，也因为她选择了辩机。但她蠢得可以，招摇得可以，送什么不好非送玉枕？我们无法穿越历史直观现场，或许我们也永远无法解开高阳辩机之谜。但可以肯定的是，要拒绝这样一个充满体温又热情的任性公主有多么艰难。

辩机死后，高阳突然地改变了性子。辩机死后半年，唐太宗驾鹤西去，高阳未落半滴眼泪。这个时候，如果她能选择安稳度日，仍可以享受富贵人生。但她没有，她已经丧失了理智，她觉得既然权力可以让人生，可以让人死，那我也要这样的权力。于是，这位任性的公主开始筹划谋反。她甚至怂恿房遗爱准备另立新君，把与自己不亲近的异母哥哥从皇位上拉下来。然而，扳倒一个江山哪有那么容易，在顾命大臣长孙无忌的彻查下，房遗爱等人谋反的计划败露。

高阳的结局是：赐死，抄家；褫夺封号，不得陪葬昭陵；诸子流放岭南，贬为庶人，彻底被清洗出皇族。

高阳公主的一生备受争议，后人说她是唐朝最多情的公主，一生为爱绽放，也为爱凋零，在大唐历史上留下了一段凄美的情史。

高阳曾说："辩机是我的骄傲，房遗爱才是我的耻辱。"我相信，高阳心里想的是我爱上的人是个和尚，仅此而已。

她死的时候，应该面对着寺庙正殿吧，层层阶梯，步步见佛，佛祖慈悲，仿佛能饶恕世上所有罪恶。但无论如何，世上再无辩机，她想。

武 则 天

武则天称帝前一年，改名为曌，取"日月当空"之意；又作瞾，取"双目当空"之意。1000多年来，关于她的评价从未中断，关于她的传说也总在耳旁。武则天，是怎样的一个存在？她又是如何一步步走向任人评说的无字碑前？

这要从武则天的父亲武士彟说起。武士彟在家排行最小，上面还有三个哥哥，武士彟不同于他的三个哥哥，他头脑灵活，为改变贫困，曾挑着豆腐担子走街串巷。隋末，隋炀帝到处兴修离宫别馆，武士彟瞄准商机，经营木材生意，"因致大富"。然而，如果他就此满足，只安安分分做个富人，也就不会有后来搅乱风云的武则天了。

当时，士农工商，阶级划分明确，商人再有钱，也处于社会末层，出门穿鞋子都不能穿与其他阶层一样的颜色。武士彟不甘于这样的地位，他要的不仅仅是钱，他要改变身份。

隋末大乱，隋炀帝大规模征兵镇压各地起义。武士彟便弃商从戎，参军入伍，在鹰扬府做了一名队正。这是府兵系统的军职，正九品，管理一百人。

大业十一年（615年），李渊被任命为并州刺史、河东抚慰大使，屯驻在汾、晋之地镇压起义，在此期间，李渊曾在武士彟的家中休息，二人从此成为朋友。大业十三年，李渊担任太原留守，负责北方工作，随着交往深入，武士彟发现李渊志存高远，非池中之物。按理说，世道这么乱，一个太原留守，常人唯恐避之不及而被连累，而武士彟不同，他做了三件事：第一，献兵书献福瑞。告诉李渊，我梦见你变成龙上天了，而我乘着你的尾巴。李渊自然知道，这是效忠来了。第二，协助李渊发展势力。李渊担任太原留守，隋炀帝安排两人监视协助。那两人发现李渊招兵买马，想审查李渊门客，武士彟晓之以理动之以情，解除他们疑心，协助李渊扩充势力。第三，倾尽家财，举族从军。所有家财、所有族人全部充军，支持李渊。在创业初期，这样的支持让李渊感激涕零。李渊许诺，如果将来取得成功，

"当同富贵耳"。

唐朝建立后，武士彟一路升迁，成了工部尚书。放弃安稳富足的生活，选择从军，从军过程慧眼识人，认定后倾其所有，破釜沉舟。这样的胆识、眼光与格局，在后来武则天的身上展现得淋漓尽致。

武士彟虽然官居高位，但依旧被同僚看不起，在这个身份制社会，大家先看出身，其次才是政治地位。而这时，武士彟的夫人相里氏去世了。唐高祖李渊知道这个消息后，就把杨氏许配给了给武士彟。杨氏，是前朝隋炀帝时期的武卫将军、左光禄大夫杨达的女儿，跟唐高祖李渊还是表兄妹。

武则天是杨氏生的第二个孩子。《新唐书》记载了这样一个传奇：武则天小时候，著名相士袁天罡路过她家，遇见杨夫人，相见之后，说夫人你生得骨法不凡，家中必有贵子。杨夫人很高兴，想让袁天罡看看家中哪个是贵子。先请出了前任夫人留下的儿子，武元庆和武元爽，袁天罡评价是保家之子。又叫出杨夫人大女儿，即后来赫赫有名的韩国夫人，评价是贵夫人面相，但不利夫家。最后，武则天出来了，穿着男孩衣服，袁天罡一脸震惊，他怎么会是个男孩呢？如果是女孩，必为天下之主。大家都觉得可笑，一个女孩，怎么会是天下之主呢？

　　武士彟官迹遍布全国，武则天也就追随父亲走了小半个中国。而杨夫人酷爱文史书籍，言传身教，武则天也跟着行了万里路读了万卷书。12岁那年，父亲武士彟去世，相里氏的两个儿子很不待见后娘和三个妹妹，动不动就冷嘲热讽，还换着花样欺负她们母女。不久，武则天随母亲搬离荆州。

　　白寿彝在《中国通史》中认为"按照武士彟的官阶爵位来说，应该是属于新升的高级士族了。所以武则天已不是出自庶族地主官僚家庭，而是出自由庶族地主官僚上升的士族官僚家庭"。

　　贞观十一年（637年）十一月，唐太宗驾幸洛阳宫，听说14岁的武则天"容止美"，遂召她入宫，封为五品才人，赐号"武媚"。武则天入宫前，向寡居的母亲杨氏告别说："侍奉圣明天子,岂知非福？"怎知不是一种福气呢？武则天劝母亲不要悲伤，皇上是贤君，我会享福的。

　　唐太宗喜欢过武则天吗？从赐"武媚"这个名字看，唐太宗对武则天是只有新鲜，没有尊重的，因为"媚娘"是从隋朝时就很流行的歌曲名字。武则天当然不甘心。有一次，唐太宗带着一群嫔妃看一匹烈马——狮子骢,他叹息一声:一匹好马,可惜没人能驯服。这时,武才人挺身而出,说自己可以,随后说,我需要三样东西:铁鞭,铁锤和匕首。如何制服它呢:先用铁鞭抽它;如果不服,用铁锤锤它;如果还不服,就用匕首杀了它。当年的武则天还是太年轻,勇敢、有见识,却不知如何迎合君意。唐太宗喜欢的是长孙皇后和徐慧那样温婉内敛的女人,武则天的刚烈与明艳,已经激不起君王的兴趣了。

而更大的危机还在后面。唐太宗晚年,开始流传"女主武王"的预言:唐三代之后,当有女主武王代有天下。这则预言,彻底断了武则天的受宠之路。从14岁到26岁,做了12年才人,地位始终没有提高。但是,以她的见识和勇气,是不会甘心沉寂的。她做了很多努力,比如苦练书法,博览群书,投唐太宗之好,但都没有任何作用。12年的孤独和失败,对一个女人的磨炼太过艰难,也太过漫长。后代史书一笔带过,但个中滋味,只有武则天自己知道。而后来她遭遇的种种危险境地,也正是这12年的磨炼,让她一次次熬过来,走向人生巅峰。

唐太宗不喜欢武则天,可他儿子李治喜欢。在唐太宗临终的病榻前,年轻的李治迷上了成熟美艳的武则天。武则天的命运就此发生了翻天覆地的变化，中国历史也因此改写。

唐太宗死后，武则天跟其他没有子女的妃嫔一起，入感业寺为尼，走到了她生命的最低谷。在一般人看来，往后余生，能做的只是在寺里慢慢老去。但武则天不一样，她有识人之智，她知道唐高宗李治感性重情，也知道君王自古薄情，她得行动起来，不能让李治忘了她。她写了一首《如意娘》："看朱成碧思纷纷，憔悴支离为忆君。不信比来常下泪，开箱验取石榴裙。"《柳亭诗话》记载，李白写有"昔日横波目，今成流泪泉，不信妾肠断，归来看取明镜前"，李白夫人说："君不闻武后诗乎？不信比来常下泪，开箱验取石榴裙。"李白听后"爽然若失"。连诗仙都被这首情诗打动，何况青年皇帝李治？

永徽元年（650年）五月，为祭奠李世民周年忌日，李治入感业寺进香，与武则天互诉相思之情。因无子而失宠的王皇后看在眼里，便主动向李治请求将武则天纳入宫中。李治早有此意，当即应允。

说起来匪夷所思，但王皇后也自有她的道理。王皇后让武则天进宫，目的是排挤她最大的劲敌萧淑妃，稳固自己的地位。之所以选择武则天，因为在她眼里，武则天太弱了。首先，在唐朝这个重视出身门第的时代，王皇后出身于当时的高门大族——太原王氏，武则天无法与之比肩。其次，武则天是先皇的妃子，碍于礼法，李治也不能给她名分。再次，她把武则天拯救出水火，武则天自然会对她感激涕零，唯她马首是瞻。其实王皇后想得都很好，唯一没有想到的是，武则天不是个普通女子，这个出身不好，青春不再，也有历史污点的女人，从未安于自己的阶层而故步自封。

28岁，武则天第二次入宫，是从最底层最普通的宫人做起。当年那个活泼勇敢明艳的少女，已被十余年的时光打磨成内敛温柔多情的成熟少妇了。对皇帝，她"痛柔屈不耻，以就大事"，委曲求全，成就大事；对皇后，她"下辞降体事后"，卑躬屈膝，小心侍奉；对宫女，她"伺后所薄，必款结之，得赐予，尽以分遗"，广结善缘。没多久，便从宫女一跃升为二品昭仪，萧淑妃彻底失势。王皇后也最终意识到自己的错误。

据《新唐书》和《资治通鉴》记载，在永徽五年（654年）武则天产下长女安定思公主。在公主出生后一月之际，王皇后来看望，怜爱并逗弄公主。离开后，武则天趁着没人，将公主掐死，又盖上被子掩饰。正好李治来到，武则天假装欢笑，打开被子一同看孩子，发现女儿已死，啼哭不已，并且惊问侍从，侍从都说："皇后刚来过。"李治勃然大怒，说道："皇后杀了我的女儿！"李治从此有了"废王立武"的打算（但此事有争议，成书于五代的《旧唐书》和《唐会要》只记载了公主的暴卒，并未言明其死因）。

当时朝廷以长孙无忌、褚遂良为首的元老大臣势力强大，李治的权力受到很大限制。以长孙无忌为首的很多大臣反对唐高宗"废王立武"，武则天前进的道路也因此充满艰辛。李治企图借"废王立武"重振皇权，打击元老大臣势力，于是，武则天开始成为李治政治上的战友。

永徽六年（655年），中书舍人李义府首先支持"废王立武"，得到李治和武则天的重赏，许敬宗、崔义玄、袁公瑜等大臣见机行事，也都转而支持立武则天为后。李治见有不少人支持，又再生废立之意。这时候，元老李勣出来表态："此陛下家事，何必问外人。"李治、武则天在废立皇后问题上的不利局面一下子扭转了过来。十月十三日，李治颁下诏书：以"阴谋下毒"的罪名，将王皇后和萧淑妃废为庶人，囚于别院；七天以后，李治再次下诏，将武则天立为皇后。

史书记载，武则天共生过六个子女，四个男孩两个女孩，均系二次入宫后和高宗李治所生。但载有姓名或封号者，是四男一女。

如愿以偿当上皇后之后，武则天趁唐高宗生病的契机，走向政治的前台。即使亲密如夫妻，在权力面前也不免心存芥蒂。唐高宗虽让皇后代行君权，然武则天一旦喧宾夺主，他就无法接受。原本是共同的事业，渐渐分出了两个阵营。

唐高宗背着武则天，命上官仪草拟废后诏书。皇帝身边的宫人迅速向武则天报告。武则天没有犹豫，立即赶到唐高宗面前，一把鼻涕一把泪哭诉和高宗这十几年的感情，然后声色俱厉地质问高宗：我到底犯了什么罪？面对多年依赖惯了的妻子，高宗害怕了，为了推卸责任，指着上官仪说："我没此意，是上官仪教我。"

武则天的一场危机化解了。结果以上官婉儿的父亲上官仪被诛收场。

我们可以猜测，是这场较量直接促使武则天思考：如何保护自己，从此不再受任何人摆布？在接下来与高宗朝夕相处的19年中，武则天的手腕越来越强硬，且逐渐抢夺了高宗手中的皇权。而在外廷的身份也从垂帘听政，到"二圣"，再到"天后"，拥有了绝对的政治身份。

至近至远东西，至深至浅清溪。

至高至明日月，至亲至疏夫妻。

唐代诗人李冶的这首《八至》用来形容唐高宗和武则天的关系再恰当不过了。两个人做了30年夫妻，一边共同奋斗，一边亦敌亦友。在这纠缠不清的爱恨情仇中，唐高宗的生命走到了尽头。

永淳二年（683）十二月，李治驾崩，临终遗诏：太子李显于柩前继位，军国大事有不能裁决者，由天后决定。四天以后，李显继位，是为唐中宗，尊武后为皇太后。这对武则天意味着两件事：一方面，她离自己的目标又近了一步；另一方面，武则天又走入了她人生中的一个关键时刻。她必须小心翼翼，走错一步就可能前功尽弃。

新皇帝李显从小缺乏帝王的培养教育和锻炼，就喜欢斗鸡走狗，骑马打猎，属于勇气有余而智慧不足。包括他的摄政大臣裴炎在内的多数官员都看不上他。结束守丧20多天的他，坐上皇位环顾四周，很快就傻眼了。从中央到地方，从文官到武将，全都被母亲安排得妥妥当当，每个大臣看起来都是母亲的同党。自己虽然贵为皇帝，却没有人买他的账。新皇帝无人可用，就决定提拔自己媳妇家的人，当李显打算提老丈人为侍中时，满朝文武炸开了锅。新皇帝脱口而出："就算我把全天下交给韦玄贞有何不可！"裴炎立即到武则天那儿告状。几天之后，武则天便带着御林军把她的皇儿拖下了宝座。

豫王李旦是武则天最小的儿子，为人谦逊和蔼，好学工书，在几个孩子里最具有学者气质。一天太子都没做过的他，稀里糊涂的就被扶上大殿，直接由亲王继位成皇帝。不过，做了皇帝后，他便被软禁宫中。

废帝事件是武则天政治生涯的分水岭，从此真正开始了她独断朝纲的时代。

囚禁李旦后，武则天的地位已不可动摇；而平定扬州叛乱和诛杀裴炎则使她确立了在大臣面前的无上威严。

垂拱四年（688年），武则天下令拆毁了洛阳太初宫正中的乾元殿，目的是重新修建一座有史以来最为雄伟、神圣、华丽的明堂。

明堂在古代是祭天的场所，皇帝在此对上天进行祭祀，彰显其统治的合法性与神圣性。武则天在以皇后身份参加高宗泰山封禅大典并主持亚献后，她本人的政治地位与个人形象得到了极大的提升，更重要的是，她借封禅大典打破了传统礼仪，首次以皇后身份参加封禅并扮演了重要角色。而在东都洛阳，修建一座属于自己的明堂，便是为日后称帝登基提前准备。

负责修建明堂的人是武则天的第一任男宠薛怀义，作为极为了解武则天心思的枕边人，薛怀义知道武则天所期望的明堂是什么样子。明堂落成的那天，人们看到：明堂高90米，分为3层，异常庄严华丽，最为特别的是在其顶部四周雕饰着9条金龙，而金龙围绕着一个宝顶，宝顶上赫然耸立着一只高达一丈的铁凤凰。凤凰全身涂满黄金，双翅展开，呈一飞冲天状。

就在明堂动工后仅两个月，一个叫唐同泰的雍州人来到洛阳，要求觐见皇太后武则天。他带来了一块石头，声称自己是从洛水中捞出来的，本来这块白色的石头也没什么特别，但在它上面赫然刻着紫红色的八个大字：圣母临人，永昌帝业。武后当即将此石命名为"天授神图"。自古以来，新帝登基，总有一些不可言状的神奇传说，大家也都见惯不怪。但对武则天来说，河出图、洛出书，自古以来便是圣人出现、盛世降临的征兆。

这一类天降祥瑞，其实是武则天的侄子武承嗣一手炮制的，作为武家后人的领头人，武承嗣当然了解武则天的心思，同时也为了自己的前程，他乐意将武则天推上帝位。

现在，武则天登上帝王之位还需要一个合适的理由。

在获得天意暗示之后，薛怀义组织一帮和尚，从浩瀚的佛经典籍里找到了《大云经》，这里面讲述了一个女人统治一方国土，再转化成佛陀的故事。故事前半段简直是武则天的经历，后半段就是武则天的理想。一时间，各地高僧大德升座讲解，《大云经》传遍全国。无形中，就把女主正位的舆论推向了高潮。

现在只差民心了。按着套路——请愿。

第一次请愿，是一个七品芝麻官率关中父老数百人上表，请求武则天顺应民心，自己当皇帝。武则天早就盼着这一天，但是不能显得很心急呀，中国讲究的是三让而后受之。所以，这次她拒绝了。

第二次请愿，变成了洛阳百姓，加上番人胡客、和尚道士，一共12000人，上表请求武则天登基为帝。这次请愿不仅人多，而且人群更广泛。这一次，武则天又谦虚地拒绝了。

第三次请愿，文武百官也加入了进来，一共6万多人，且摆出一副不达目的誓不罢休的架势，聚在宫外不肯走。他们还派代表去劝说武则天。在这种情况下，皇帝李旦出场了。他也加入到了请愿的队伍，坚决请求母亲当皇帝，自请降为皇嗣，同时还要求改姓武。

现在，三让而后受的传统禅让仪式已经走完。武则天终于站起来，说："俞哉！此亦天授也！"中国历史上独一无二的女皇帝就此诞生了。天授元年（690年），武则天称帝，改国号为周，定都洛阳，称"神都"，建立武周。

如果说武则天在称帝前的30余年参政执政的生涯中已显示出惊人的政治谋略与冷酷果敢的手段，那么，在称帝之后的15年中，更是充分地表现了她在用人、处事、治国等各个方面的杰出政治才能和政治家的雄才大略。

《新唐书·文艺中·宋之问》中记载：武则天到洛水以南龙门巡游，下令让随从的臣子作诗。先作好诗的左史东方虬，得到武后赏赐的锦袍。过了一会儿，宋之问也把写好的诗献上，武后看后，赞赏有加，又将赏给东方虬的锦袍拿了回来赏赐给宋之问。每每读到这里，我都会想：锦袍为什么不多带几件？东方虬心里会怎么想？可女皇武则天不会这么想。

武则天以一位女性的身份和自己的名义，建立了一个新的朝代，这是对男权社会彻底的颠覆与僭越，所以招来后代史书无限的诋毁与非议。她大开科举，重用寒门，启用狄仁杰、娄师德等名臣，提拔姚崇、宋璟等寒门士子，"旧时王谢堂前燕，飞入寻常百姓家"自此成为现实。她懂得知人用人，胸襟开阔，格局远大。骆宾王写《讨武曌檄》，将武则天置于被告席上，列数其罪。武则天一边读一边感叹，"有如此才，而使之沦落不偶，宰相之过也！"可见其胸襟广阔。她不计前嫌，重用上官仪的女儿上官婉儿，使其掌管宫中制造多年，群臣奏章多由其参与决断，有"巾帼宰相"之名。她还设立了女进士科场，《镜花缘》中有唐小山到小蓬莱寻父得一家书，父亲令她改名闺臣，参加考试。

对于农业生产，武则天也颇为重视。她说："建国之本，必在务农"，"务农则田垦，田垦则粟多，粟多则人富"。在武周一朝，农业和手工业都得到长足的发展，人口也迅速增加。据史料统计，高宗永徽间全国总户数为380万户，到则天临终的神龙元年，渐增至615万户，增长一半还多。

在抗击外来入侵、保护边境安宁、友善相邻诸国等方面，武则天继承和发展了唐太宗的民族怀柔政策和

"降则抚之,叛则讨之"的策略。打通一度中断的"丝绸之路",挫败吐蕃之锐,维护了唐王朝版图完整和西陲之安宁。

当然,在武则天掌权执政时期内,也有很多过失。垂拱二年,武后大开告密之门,规定任何人均可告密。同时,武后又先后任用索元礼、周兴、来俊臣、侯思止等一大批酷吏。朝廷内外形成了十分恐怖的政治气氛,以致大臣们每次上朝之前,都要和家人诀别,惶惶不可终日。

被武则天重用的酷吏自身素质实在是太低了,比如前文说到的侯思止。他在洛阳当官,洛阳有一个地名叫白司马坂,侯思止不大认字,把"坂"字看成谋反的"反"字,还以为是一个叫白司马的谋反了,在这儿被砍的头。当时有一个将军叫孟青棒,他又以为是一种刑具,用来打人的。所以一审问囚徒他就说:"若不承认是白司马,就让你吃孟青棒。"连犯人也莫名其妙。

武则天无度选官,致使官僚机构膨胀,必然加重对人民的盘剥;她好大喜功,奢靡,任意挥霍,耗费大量财资和劳动力;她迷信惑众,滥造寺院,弄得"今之伽蓝,制过宫阙",使大批良田被侵占,许多不良之徒厕身僧众,给人民带来极大的负担和灾难。这些都不同程度地影响和延缓了生产力的发展。

在行将就木之时,她的男宠张易之、张昌宗兄弟插手朝政,陷害宰相魏元忠,不仅跟大臣结怨,也使得武则天回归李唐、传位太子的形势发生逆转,引起了政局的复杂化,武则天母子、君臣关系也因此空前紧张起来。

神龙元年(705年)正月,武则天病笃,在迎仙宫卧床不起,只有张易之、张昌宗兄弟侍侧。宰相张柬之、崔玄暐与大臣敬晖、桓彦范、袁恕己等,交结禁军统领李多祚,佯称二张谋反。发动政变,率禁军500余人,冲入宫城,杀死二张,随即包围武则天所寝集仙殿,要求她退位。武则天被迫禅位于太子李显,随后徙居上阳宫。十个月后,武则天走完了她漫长而又传奇的一生。武则天要求去帝号,改成皇后,葬入唐高宗的陵寝。

对于武则天,从唐代开始,历来有各种不同的评价,有的说她知人善任开设了殿试、武举,实现了"君子满朝治天下"。她奖励农桑,改革吏治,重视选拔人才,所以使得贤才辈出。但又大肆杀害唐朝宗室,兴起"酷吏政治"。

唐代前期,由于所有的皇帝都是她的直系子孙,并且儒家正统观念还没完全占据统治地位，所以当时对武则天的评价相对比较积极正面。但随着时间的推移，特别是司马光所主编之《资治通鉴》，对武氏严厉批判——虽滥以禄位收天下人心，然不称职者，寻亦黜之，或加刑诛，挟刑赏之柄以驾驭天下，政由己出，明察善断，故当时英贤亦竟为之。到了南宋期间，程朱理学在中国思想上占据了主导地位，轻女的舆论决定了对武则天的评价。譬如明末清初的时候，著名的思想家王夫之，就曾评价武则天"鬼神之所不容，臣民之所共怨"。

武则天，这位儒家礼法的最大叛逆者，以其强大，让惯由男性书写的历史为之汗颜。她是惊涛骇浪，她是千古谜团。冷酷的母亲与爱民的天子，雷霆万钧的手段与虚心纳谏的胸怀，狂热与冷静，残忍与柔情，一人千面，能把最大的不可能变为可能。

按照陈寅恪先生的观点：首先，武则天和唐高宗时代标志着帝制中国政治第二个重要的转折点，即从东汉以来的贵族政治向官僚政治的转变。武则天与唐高宗巩固并制度化了科举，加强了进士科的地位，并且大量采用寒门出身的进士作为官员。此外，武则天制度化了殿试，拉近了天子与进士的关系。首创了武举，在唐代前中期承平日久以及府兵制逐渐崩溃的大环境下，试图做出改革选取将才。进士科、殿试、武举这三项制度伴随着官僚政治的崛起，一直沿用至帝制中国结束。其二，武则天在空前绝后这一方面做到了极致，他确实走出了一条前人没有走过的道路。在中国历史上，武则天是唯一一个以女人身份在名义上和实质上同时掌控一个统一大国的人，上至周代开国，下至清末，都没有任何一个女人能超越她。不仅如此，他的武周王朝国祚15年，直到她病入膏肓对朝局失去控制力才被推翻，并且还得以善终，入祖庙附乾陵，有唐一代享有香火供奉。其三，武则天还证明了，帝制中国的种种礼教并非天生天有，反而是可以突破可以跨越的。他从唐太宗的才人变成唐高宗的昭仪、皇后，再夺位称帝，突破了诸多礼教对女人、妻子、寡妇的限制。她以寒门小姓出身协助唐高宗击败了豪族与贵族的联盟，突破了东汉以来的社会阶级限制。她对礼教的反抗与突破，要到新中国建立才被真正超越。

她死后立下"无字碑"。有人认为，立"无字碑"是用以夸耀自己，表示其功高德大非文字所能表达；另一些人认为，立"无字碑"是因为自知罪孽太重，感到还是不写碑文为好；还有人认为，立"无字碑"，功过是非任后人评说。

"切莫说,人之初,是善还是恶?有谁落地笑呵呵?别说人难做,别说人好做。做得人上人,滋味又如何?回头看,是善是恶,还是千古迷惑。"这是1995年版电视连续剧《武则天》的片头曲。千年过后,她的是非善恶,一直有人评说,她的狂热与冷静,一直让人迷惑。

杨 贵 妃

唐朝经历了唐太宗的贞观之治，武则天承前启后，将唐朝的繁荣又推上一个高阶，唐玄宗的开元盛世使唐朝达到鼎盛。但为加强中央对地方的管理，开元十年（722年），唐玄宗从中央派遣到边境十几个节度使，他们掌握了这些边境重镇的军政大权。《新唐书·兵志》记载，这些官员不仅享有土地，坐拥人民，还有着自己的武装和地方的财政收入，生杀大权全在手中。这也为后来的安史之乱埋下隐患。

陕西历史博物馆藏葡萄花鸟纹银香囊，此香囊为杨贵妃所佩戴，外径4.6厘米，金香盂直径2.8厘米，链长7.5厘米，香囊外壁用银制，呈圆球形，整体镂空，以中部水平线为界平均分割形成两个半球形，用作燃放固体香料之用。佩戴它的主人早已香消玉殒。但关于杨贵妃，关于唐玄宗，关于安史之乱，关于那场马嵬坡兵变，1000多年来，一直在人们的记忆里。

这是后话。还是先从唐玄宗与杨贵妃的爱情故事说起吧。杨贵妃，小字玉环，出生于官宦世家，其父杨玄琰曾任蜀州（四川崇庆）司户。因父母早逝，杨玉环是在叔叔杨玄璬家中长大的。

开元二十二年，唐玄宗的女儿咸宜公主大婚。唐玄宗的第十八子寿王李瑁在婚礼中一眼就看上了貌美如花的杨玉环，李瑁的母亲、唐玄宗最宠爱的武惠妃立即请求唐玄宗立其为寿王妃。于是，16岁的杨玉环当年就成了李瑁的妻子。

开元二十五年，武惠妃去世。好些日子，唐玄宗都郁郁寡欢。这时候，有人进言：杨玉环"姿质天挺，宜充掖廷"。开元二十八年十月，唐玄宗以为母亲窦太后祈福名义，敕书杨氏出家为女道士，道号"太真"。天宝四载（745年），又把韦昭训的女儿册立为寿王妃，之后，册立杨玉环为贵妃。短短几行字，寿王妃变成了杨贵妃。寿王怎么想的？我们不得而知，但从后来的杨贵妃始终是杨贵妃而不是杨皇后，大概唐玄宗是考虑了自己儿子的感受的。

这是在开放的唐朝可以发生的事情。这个时期的封建伦理观念还没有南宋末年朱熹理学之后那么严格,男女虽不平等,但对于女性的贞操和改嫁还是比较宽容的。封建社会对于妇女的压制是在元朝之后,尤其是明朝和清朝。武则天之所以能做女皇,和这一时期宽容的社会心理有关。到了清朝末年,同样掌权的慈禧就不敢称女皇了,社会舆论和社会心理的作用是很重要的一个原因。

传说杨玉环初入宫时,因见不到君王而终日愁眉不展。一次,她和宫女们到宫苑赏花,无意中碰着了含羞草,草的叶子立即卷了起来。宫女们都说这是杨玉环的美貌,使得花草自惭形秽,羞得抬不起头来。唐玄宗听说有个"羞花的美人",立即召见,封为贵妃。

杨玉环天生丽质,性格婉顺,优越的环境,又使她有机会精通音律,擅歌舞与弹琵琶。而唐玄宗通晓音律,曾谱《霓裳羽衣曲》,令杨贵妃依曲编舞。杨贵妃领着宫人日夜编排。表演那天,她带领宫女翩翩起舞,好像仙子下凡,唐玄宗龙心大悦,不由道:"朕得杨贵妃,如得至宝也。"(《古今宫闱秘记》卷三)复制新曲《得宝子》,足见对杨贵妃才华的欣赏。

另有一次,唐玄宗要举办一场用中原乐器和西域乐器一起演奏的音乐会。乐舞池中,他们一人怀抱琵琶,一人手持羯鼓,彼此合奏无间。除了琵琶之外,杨贵妃还是个击磬高手,"拊搏之音泠泠然,多新声,虽梨园弟子,莫能及之"。为此,唐玄宗特别命人用蓝田绿玉为她打造了一套名贵的玉磬。

开元二十八年,杨玉环被诏进宫。天宝四载正式册封为贵妃,杨玉环开始了15年与玄宗食则同席、寝则同榻的专宠生活。在这15年间,唐玄宗对杨贵妃还是比较专一的,"三千宠爱在一身"是对他们爱情的高度概括。

从美貌来说,杨贵妃虽姿色出众,但后宫中的绝色佳人并非没有,唐玄宗对杨贵妃如此醉心,主要的原因是两人在感情上、志趣上的情投意合。

由于杨贵妃受宠,其大姐被封为韩国夫人,三姐被封为虢国夫人,八姐被封为秦国夫人,每月各赠脂粉费十万钱。虢国夫人以天生丽质自美,唐代画家张萱曾绘名画《虢国夫人游春图》传世,张祜则有诗《集灵台二首·其二》讽刺:"虢国夫人承主恩,平明骑马入宫门。却嫌脂粉污颜色,淡扫蛾眉朝至尊。"虽有讥讽,却也写出了她的美貌。

唐玄宗游幸华清池,以杨氏五家为扈从,每家一队,穿一色衣,五家合队,五彩缤纷。沿途掉落的首饰遍地,闪闪生光。杨家一族,娶了两位公主、两位郡主,玄宗还亲自为杨氏御书家庙碑。

唐玄宗和杨贵妃也有闹别扭的时候。据记载，杨贵妃曾两次被遣回娘家。第一次是天宝五载，即杨贵妃被册封的第二年，贵妃因嫉妒触怒了玄宗，被遣回娘家。贵妃走后，玄宗忽然感到人去楼空，有一种不可名状的孤独感和空虚感。茶饭不思，动不动就对侍从乱发脾气。随即令人将御膳送去，当夜将贵妃接回宫中。

第二次是天宝九载，贵妃因违背玄宗旨意，又被遣送娘家。后来贵妃认为自己骄悍不逊，有些过分，便剪下一绺头发，让人带给玄宗并说："有罪当死，身上的一切都是皇上恩赐，只有头发可以献上报答皇恩。"玄宗大为感动。通过这两次，两人之间那种难分难舍的感情却又更深一层。

按惯例，后妃触怒圣上，只能在宫中处治，重则斩杀，轻则囚禁或被打入冷宫，从不见有送回娘家的。玄宗却开了这个先例，如同寻常夫妻吵架一样，留下了回旋和好的余地。可见，两人之间的感情超越了帝王与妃子的关系。

《杨太真外传》记载：有一年宫中的橘树结了许多柑橘，唐玄宗发现其中有一个"合欢实"（即两个柑橘长在一起）。他欣喜万分，与贵妃一起玩赏，并说此橘似通人意，知你我心心相印，固如一体。然后同坐一席共尝"合欢实"。

《长恨歌传》记载：天宝十载秋，七夕之夜，玄宗与贵妃比肩而立，因仰天感牛郎织女重逢的悲欢场面，密誓要世世结为夫妻，言毕，抱手呜咽。这就是白居易《长恨歌》所写的"七月七日长生殿，夜半无人私语时，在天愿作比翼鸟，在地愿为连理枝"。在七夕之夜，对天起誓，足见爱的至深至诚。

杨贵妃知道唐玄宗不能没有她，杨家人也仗着有她撑腰，大肆在宫里收敛贿赂。杨贵妃的兄弟均赠高官，甚至远房兄弟杨钊，原为市井无赖，与杨贵妃同曾祖兄（另一说同祖兄）。杨贵妃得势之后，剑南节度使章仇兼琼担心李林甫专权，自己禄位难保，就派杨钊入朝，想利用他的裙带关系为自己找一个好靠山。

章仇兼琼准备了蜀锦和价值万缗的四川名贵土特产，让杨钊分别将这些东西进贡给朝廷和杨氏诸姐妹。于是杨氏姐妹就常常在唐玄宗面前替杨钊和章仇兼琼说好话。唐玄宗因此任命杨钊为金吾兵曹参军，而且还可以随意出入宫中。

杨钊善于权术，精于运算，很快在朝中站稳脚跟。天宝九载，唐玄宗赐杨钊名"国忠"，从此以后人们都称呼他杨国忠。

不久,杨国忠取代李林甫成了右相。杨国忠担任宰相期间两次征讨南诏,均以失败告终,损失了二十几万官兵,也给边境少数民族地区造成了极大的灾难。对于人民的疾苦,他毫不关心,甚至隐瞒不报。此时,唐朝的国政已经变得混乱不堪,国力开始衰败。杨国忠的专权引发了他和安禄山之间的矛盾。安禄山同样深受唐玄宗器重,还觍着脸认了比他年龄小得多的杨贵妃为干妈。

天宝十四载,安禄山发动了以讨伐杨国忠为名的叛乱,史称"安史之乱"。唐玄宗乱了方寸,带着杨贵妃向西南方向逃跑。出逃大军行至马嵬坡,六军停步不前,禁军将领陈玄礼等人杀了杨国忠父子,还要将红颜祸水的杨贵妃一并杀死,那一刻,唐玄宗心里是否闪过百感交集的痛楚?

有人说,杨玉环可能死于佛堂。《旧唐书·杨贵妃传》记载:禁军将领陈玄礼等杀了杨国忠父子之后,认为"贼本尚在",请求再杀杨贵妃以免后患。唐玄宗无奈,与贵妃诀别,杨贵妃"遂缢死于佛室"。《资治通鉴·唐纪》记载:唐玄宗是命太监高力士把杨贵妃带到佛堂缢死的。《唐国史补》记载:高力士把杨贵妃缢死于佛堂的梨树下。乐史的《杨太真外传》记载:唐玄宗与杨贵妃诀别时,她"乞容礼佛",高力士遂缢死贵妃于佛堂前的梨树之下。陈寅恪先生在《元白诗笺证稿》中指出："所可注意者，乐史谓妃缢死于梨树之下，恐是受香山（白居易）'梨花一枝春带雨'句之影响。果尔，则殊可笑矣。"陈玄礼及禁卫军的将官看着这个过程，确认杨贵妃已死后，再出来跟禁卫军士兵解释，过了很久聚集的士兵才散去归队。

我宁愿她是死在佛堂中的梨树下。那时候，果实已被采尽，梨花还没盛开。

当战乱平息，唐玄宗返京之日，路过马嵬坡时，马嵬坡上的丝丝细雨，会有杨贵妃凄切的哭诉声吗？

《旧唐书》记载，唐玄宗思念玉环，令人秘密为她改葬。却遗憾地得到九个字的回复："肌肤已坏，而香囊犹在"。尽管当初埋葬杨贵妃的被子甚至尸体都腐臭了，但她随身佩戴的葡萄花鸟纹银香囊却是余香犹存。

往后的日子，难以入眠的夜里，唐玄宗一定会想到杨贵妃，他想到《霓裳羽衣曲》，想到华清池，幻想杨玉环优雅地走来，坐在他的身边，对他说："三郎，在天愿作比翼鸟，在地愿为连理枝"。

好在葡萄花鸟纹银香囊还在，余香是肯定没有了。但是，如果，唐玄宗早死10年，大唐不会这么快衰落，杨贵妃不会死得这样惨，应该是可以想见的。

薛 涛

薛涛，字洪度，京兆长安（今陕西西安）人。与鱼玄机、李冶、刘采春并称唐代四大女诗人，与卓文君、花蕊夫人、黄娥并称蜀中四大才女，流传至今诗作有90余首，收于《锦江集》。

薛涛姿容美艳，洞晓音律，8岁能诗。《名媛诗归》记载，有一天，父亲薛勋念了两句诗："庭除一古桐，耸干入云中。"薛涛随即对答："枝迎南北鸟，叶送往来风。"父亲惊讶之余觉得这是不祥之兆，担心女儿将来会沦为迎来送往的风尘女子，没想到此后成了现实。薛勋死后，薛涛和母亲流寓蜀中。

德宗贞元中，韦皋任剑南西川节度使，召令薛涛赋诗侑酒，遂入乐籍，后以乐伎兼清客身份出入幕府。薛涛写得一手好字，其行书颇得王羲之法，公文亦写得条理清楚，文采斐然，深得韦皋欣赏。韦皋曾拟奏请朝廷授薛涛以秘书省校书郎的官衔，格于旧例，未能实现，但人们往往称之为"女校书"。

一些有求于韦皋的官员，纷纷给薛涛送礼。薛涛照单全收，扭头又将礼物上交府库。此举令韦皋大怒，遂将薛涛充作军伎，贬到西北苦地松州。薛涛惶惧不已，沿途又兵荒马乱，一路上，她写下《十离诗》，将内心的后悔巧妙地写在诗中。韦皋看到这些诗，怜惜薛涛才华，改了主意，将她重新召回。此后，薛涛再无轻狂之举。

随着薛涛的名声越来越大，许多诗人都慕名前来，以与她诗歌唱和为荣。其中就有大家都熟悉的白居易、杜牧、刘禹锡等。

唐元和四年（809年）三月，如日中天的诗人元稹以监察御史身份奉命入蜀。元稹少有才名。贞元九年（793年）明经及第，授左拾遗，进入河中幕府，擢校书郎，迁监察御史。

元稹久闻蜀地诗人薛涛的芳名，到梓州后，特地约薛涛相见。这第一次相见，薛涛就被31岁、外貌俊朗的元稹吸引住了，她主动献《春望词》四首：

花开不同赏，花落不同悲。欲问相思处，花开花落时。

　　揽草结同心，将以遗知音。春愁正断绝，春鸟复哀吟。

　　风花时将老，佳期犹渺渺。不结同心人，空结同心草。

　　那堪花满枝，翻作两相思。玉箸垂朝镜，春风知不知。

　　元稹听罢，急赋《菊花》回赠：秋丝绕舍似陶家，遍绕篱边日渐斜。不是花中偏爱菊，此花开尽更无花。诗中"陶"字与"涛"同音同韵，在当时多可相互借用。用在这里，其意更深。两人议诗论政，情谊渐深。

　　在蜀期间，元稹参劾东川节度使严砺，由此得罪权贵，离开四川。分别时，元稹写了一首诗给薛涛，说她蛾眉秀美如卓文君，口才与文采都好，"言语巧偷鹦鹉舌，文章分得凤皇毛"，并发誓说："别后相思隔烟水，菖蒲花发五云高。"言下之意，我要走了，走得远远的，但是我会想你的。

　　元稹走后，薛涛用多年的积蓄，赎脱了乐伎身份，等待元稹前来接她。

此时能够寄托薛涛相思的，唯有一首首诗了。她迷上了写诗的信笺。薛涛喜欢写只有四句的绝句，而律诗要写八句，因此经常嫌平时写诗的纸幅太大。于是对当地造纸的工艺加以改造，将纸染成桃红色，裁成精巧窄笺，特别适合书写情书，人称薛涛笺。

31岁的元稹正是风华岁月，而薛涛即便风韵绰约，也已42岁，何况薛涛乐籍出身。薛涛明白这些，但还是盼望与元稹重叙旧情，恰巧李德裕前来探望薛涛，如实向薛涛介绍了元稹的情况。李德裕告诉薛涛，元稹并非钟情之人，更不是可托付终身之人。

我们大多人熟悉的《莺莺传》，它的开篇写道：唐贞元中，有张生者，性温茂，美风容。张生游于蒲时，在军人骚乱抢掠中保护了寡母弱女的崔氏表亲，由此结识表妹崔莺莺。崔莺莺垂鬟接黛，双脸羞红，颜色艳异，光彩动人，让张生顿生爱慕。在丫鬟红娘的帮助下，张生与莺莺私会西厢，初尝了云雨。自此之后，莺莺朝隐而出，暮隐而入，日日与张生私会。再后来，莺莺被张生无情抛弃。

鲁迅先生在《中国小说史略》中认定，这部自传体小说的作者元稹写的是自己的真实经历。陈寅恪在《元白诗笺证稿》第四章《艳诗及悼亡诗》附《读〈莺莺传〉》也考证："《莺莺传》为微之（元稹字）自叙之作，其所谓张生即微之之化名，此固无可疑。"后世戏曲作者以其故事人物创作出许多戏曲，如金代董解元《西厢记诸宫调》和元代王实甫《西厢记》等。

莺莺曾赠玉环给元稹，并痴情嘱咐，说"玉取其坚润不渝，环取其始终不绝"，既表明自己忠贞不贰，也期待元稹不要辜负她，哪知元稹进京后，就断了与莺莺的联系，娶了三品大员韦夏卿十九岁的女儿韦丛为妻。韦丛还未死时，又与薛涛同居。韦丛死后，元稹写下"曾经沧海难为水，除却巫山不是云"的经典诗句以悼念，从这两句诗来看，很难说元稹的感情是假的。但两年后，元稹娶了小妾安仙嫔，四年后，续娶了裴氏。薛涛那时的心情如何，可想而知。

十年后，元稹赴任浙江，终于想起薛涛。他想接薛涛到他这里。不巧的是，这时候一位新人进入元稹视野，使他再一次将薛涛抛诸脑后。这位新人叫刘采春，是一位少妇，擅长演参军戏，又会唱歌，刘采春的成熟妩媚让元稹神魂颠倒，他写诗赞她"言辞雅措风流足，举止低回秀媚多"。

就在这个时候，远在成都的薛涛，收到来自白居易的赠诗。"若似剡中容易到，春风犹隔武陵溪"，意思是无论如何，她和元稹的爱情都没指望了。从长庆元年（821年）最后一次书信，薛涛和元稹再无联系，薛涛也早已默认这段感情到了尾声。但若一个旁观者再次站出来，郑重地劝她放弃，而这个旁观者又是元稹的好友，这其间的微妙，是既让人羞耻，又让人愤怒的。而薛涛唯一能做的，便是继续保持沉默。

一个是朝廷要员，一个是官妓之身，这样的"姐弟恋"加"婚外恋"会有怎样的结果？薛涛当真不知道？所以，当元稹一去不回头时，薛涛心中很难说有多少恨，更多的大概是宽容和思念吧。

从此，她脱下红装，换上道袍，人生从炽烈走向淡然。浣花溪旁仍然车马喧嚣，人来人往，但她的内心却坚守着一方净地。

大和五年（831年），元稹去世，追赠尚书右仆射。

第二年，终身未嫁的薛涛也郁郁而终。

据记载，薛涛死后，剑南节度使段文昌，亲笔为她题写了墓志铭。如今，在四川成都的望江楼，仍有一副对联，上联是："古井冷斜阳，问几树枇杷，何处是校书门巷？"下联是："大江横曲槛，占一楼烟雨，要平分工部草堂"。把薛涛旧居望江楼与杜甫草堂相提并论，比喻薛涛的诗才可与忧国忧民的大诗人杜甫平分秋色，这是对薛涛一生的高度评价。

几百年后,清代文学家李调元六十多岁时,曾一口气为薛涛吟咏了十首诗。有位叫潘东庵的名士,一见薛涛墓,更是不能自已,竟鼻涕眼泪一大把地跪拜于墓前不起。为什么文人们常将薛涛视为红颜知己而追怀不已?

后蜀何光远《鉴诫录》上说薛涛"容姿既丽,才调尤佳"。他们认为,女人长得再美,针线活做得再好,不读书,不会吟诗,不能称"雅",而整日不离绣床不能倚栏赏月、怨春伤时的美人,就像木偶人,所以他们说:女子无才不美。

千百年过去了,斗转星移,沧海桑田。唯有望江楼前那一湾美丽绵延的锦江清流,滔滔不绝,述说着人们对薛涛这位身世坎坷的女诗人的无尽怀念。

大周后　小周后

历史上最为有名的同时嫁给一个男人的两姐妹莫过于尧的两个女儿娥皇、女英，她们同时嫁给舜，父是尧，夫是舜，想不闻名天下都难。南唐后主李煜的两任皇后也是亲姐妹，姐姐叫周娥皇。妹妹没留下名字，我们只能用小周后称呼她。

周娥皇（936—965），南唐司徒周宗长女，19岁时入宫为李煜妃，建隆二年（961年），李煜继位，册封周娥皇为国后。乾德二年（964年），周娥皇病逝，时年30岁，谥昭惠，葬于懿陵，史称大周后。小周后（950—978），周宗次女，开宝元年（968年）十一月，立为国后。

据陆游《南唐书》载：大周后精通书史，善音律，尤工琵琶。南唐元宗李璟（李煜父亲）很欣赏她的技艺，把焦桐琵琶赐给了她。成为皇后以后，大周后先从容貌开始经营她的生活：她精心设计了"高髻纤裳"和"首翘鬓朵"装扮，这即刻成为南唐少女们的潮流，李煜也对这项发明赞不绝口；史书还记载大周后"采戏弈棋，靡不妙绝"，就是唱歌跳舞、下围棋都是绝顶高手。一次大周后和李煜在雪地里喝酒，喝着喝着就举起酒杯邀李煜一起跳舞。李煜道："你要是能写首新歌我就依你。"大周后命人取纸笔，当场写成《邀醉舞破》，连李煜都叹服。

李煜是极爱大周后的，在《一斛珠》中，李煜这样写：

晚妆初过，沉檀轻注些儿个，向人微露丁香颗。一曲清歌，暂引樱桃破。

罗袖裛残殷色可，杯深旋被香醪涴，绣床斜凭娇无那。烂嚼红茸，笑向檀郎唾。

"烂嚼红茸，笑向檀郎唾"，"红茸"就是红色的茸线毯子，"檀郎"指的是李煜自己。中国古代最著名的美男子潘安，小名叫"檀奴"，后世女子就称所爱的男子作"檀郎"。大周后扯出红茸线，含在嘴里边嚼边含笑向着李煜：千年后的今天，这甜到醉人的爱情依然感动着我们。

大唐时代，天底下最流行的舞曲是《霓裳羽衣曲》。这支舞曲原是从西凉传入的法曲，经唐玄宗李隆基润色，成为气势宏伟的大型舞曲。安史之乱后，《霓裳羽衣曲》失传，五代十国时只保存了残破不全的曲谱。当时的一些宫廷乐人和民间乐人都曾试图修复它，均未成功。李煜得到残谱后，和大周后一起"变易讹谬，去繁定缺，遂清越可听"。修复乐谱之后，二人又按乐编舞，编成了霓裳羽衣组舞。单是修复《霓裳羽衣曲》这一项，夫妇二人都实在可称得上音乐家了。李煜在《玉楼春》一词中记载了此事：

晚妆初了明肌雪，春殿嫔娥鱼贯列。凤箫吹断水云间，重按霓裳歌遍彻。

临风谁更飘香屑，醉拍阑干情味切。归时休照烛花红，待放马蹄清夜月。

南唐内史舍人徐铉听了这首曲子，疑问道："法曲终则缓，此声乃反急，何也？"这首曲子的后面应该是缓慢的才对，现在怎么这么急促？这可不是好兆头啊。

这急促的曲子里或许真的藏着他们的命运。大周后和李煜的幸福没能持续长久。李煜在位第四年，大周后得了重病，4岁的儿子李仲宣又意外早夭，大周后悲痛万分，病情更加严重。这时候，李煜和小周后相爱了。《菩萨蛮》中，李煜这样描写他和小周后的幽会：

> 花明月暗笼轻雾，今宵好向郎边去！刬袜步香阶，手提金缕鞋。
>
> 画堂南畔见，一向偎人颤。奴为出来难，教君恣意怜。

大周后还是知道了他们的爱情。陆游《南唐书·后纪传》说："或谓后寝疾，小周后已入宫中。后偶事幔见之，惊曰：'汝何日来？小周后尚幼，未知嫌疑，对曰：'既数日矣。'后患怒，至死面不外向。放后主过哀以掩其迹云。"大概就是说，大周后抱病床上，突然从帐后看到妹妹在床前，惊问："妹妹什么时候来的？"天真的小周后没有仔细考虑便回答："来了几天了。"大周后明白了一切，她翻身向内，不再说话，至死都没再翻转身子。

大周后死了，李煜悲痛万分，他形销骨立，走路需要拄着手杖。他写了长长的悼文悼念大周后,并自称"鳏夫煜"。"昔我新昏,燕尔情好。媒无劳辞,筮无违报。归妹邀终,咸爻协兆。他仰同心,绸缪是道。执子之手,与子偕老。今也如何,不终往告。呜呼哀哉!"

在《捣练子令》中,李煜几乎哭泣着写下:

> 深院静,小庭空,断续寒砧断续风。
> 无奈夜长人不寐,数声和月到帘栊。
> 云鬓乱,晚妆残,带恨眉儿远岫攒。
> 斜托香腮春笋懒,为谁和泪倚阑干。

这种失去也让李煜的词从"烂嚼红茸"的香艳灿烂,转而变为"为谁和泪倚阑干"的哀婉凄怨,之后的国破家亡,更是给了他许多作词的原材料。大周后的这种无意识间的功绩,后人是应该感谢她的。

小周后与李煜的爱情正式翻开篇章。四年后,小周后被立为皇后,当时的文官大臣在贺书中对小周后通奸姐夫气死姐姐的事情加以讽刺,李煜不以为意。但是,无论人们如何评价,可以确定的是,李煜对大周后的爱情是真的,对小周后的爱情也是真的。

小周后嫁给李煜的时候,南唐国势早已是江河日下。975年，也就是宋太祖赵匡胤开宝八年，北宋向南唐发动了全面进攻。李煜为了不使金陵成为涂炭战场，写罢降表后，肉袒出城投降，以换取百姓平安。这个时候，他写下《破阵子》：

四十年来家国，三千里地山河。凤阁龙楼连宵汉，玉树琼枝作烟萝。几曾识干戈？

一旦归为臣虏，沈腰潘鬓消磨。最是仓皇辞庙日，教坊犹唱别离歌。垂泪对宫娥。

李煜被押解北上汴京，小周后也跟随前往。祖上传下来的江山断送在自己手里，而他却做不了什么，只能垂泪对着宫娥。赵匡胤对这样的李煜也无可奈何，他对李煜说："你屡次违抗我命令，就封你为'违命侯'吧！"小周后被封郑国夫人。好在还有小周后相伴，李煜想，就当是自己活在梦里吧，于是，他写下《浪淘沙令》：

帘外雨潺潺，春意阑珊。罗衾不耐五更寒。梦里不知身是客，一晌贪欢！

独自莫凭栏，无限江山！别时容易见时

难。流水落花春去也，天上人间。

就在这年冬天，宋太祖在"烛光斧影"中驾崩，他的弟弟赵匡义继位称帝，为宋太宗，改元太平兴国。当年十一月，赵匡义又废掉李煜爵位，由违命侯改封为陇西郡公。违命侯改封陇西郡公，表面上看，似乎意味着李煜身份的提高，然而事实并非如此。

李煜在位时的宫女庆奴，在城破之时隐身民间，现在已做了宋廷镇将的妾侍。她不忘旧主，带了封信前来问候。李煜见了庆奴的信，愈觉哀感，便将心中的哀怨写在信中，其中有"此中日夕只以泪眼洗面"一句。太宗差来监视的人，暗中报告太宗。太宗看了信，便勃然变色道："朕对待李煜，总算仁至义尽了，他还说'此中日夕只以泪眼洗面'，这明明是心怀怨望，才有此语。"这也罢了。最使李煜痛苦的是，"江南剩得李花开，也被君王强折来"。

太平兴国三年（978年）元宵佳节，"各命妇循例应入宫恭贺"，小周后也按惯例前去庆贺。不料自元宵入宫，过了数日，还不见小周后回来，李煜急得像热锅上的蚂蚁，在家中恨声叹气。走来踱去，要想去问，又不得私自出外，只得眼巴巴地盼着小周后回来。一直到正月将尽，小周后才回到家里。李煜如获至宝，问她"因何今日方才出宫？"小周后一声不响，只将身体倒在床上，掩面抽泣。宋人王铚在《默记》中说："李国主小周后，随后主归朝，封郑国夫人，例随命妇入宫，每一入辄数日，而出必大泣，骂后主，声闻于外，后主多婉转避之。"

原来如此。赵匡义表面上优待李煜，其实是看上了花容月貌、美色冠绝天下的小周后。李煜仰天流泪。除了逃避和忍耐之外，李煜再没有别的办法。他躲着不敢见妻子，一首又一首地填写词曲。这些充满亡国之痛的词曲传遍了江南，传遍了南唐故里，如这首《乌夜啼》：

林花谢了春红，太匆匆。无奈朝来寒雨晚来风。

胭脂泪，留人醉，几时重。自是人生长恨水长东。

尝到甜头的宋太宗常强召小周后入宫。淫邪的宋太宗想到了一个在没机会召小周后入宫时仍可以直观意淫美人的变态主意：他事先招来数名宫廷画师，让他们躲在宫帏之后——可想而知，发现竟有人从宫帏后战战兢兢探出头来现场写生时，小周后是多么悲愤！她仅存的可怜的自尊爆发出来，一脚蹬开宋太宗，惊恐万状地躲入龙床后。任宋太宗如何威逼利诱都不肯就范。宋太宗竟又喝来数名宫女强行抓住小周后，强幸，并使画师画下全过程。这就是中国历史上最著名的情色画之一《熙陵幸小周后图》，"熙陵"是指宋太宗。明人沈德符在《万历野获篇》中描述这幅作品说："宋人画熙陵幸小周后图，太宗戴幞头，面黔黑而体肥，周后肢体纤弱，数宫女抱持之，周后有蹙额不胜之态。"姚叔祥《见只编》云："余尝见吾盐名手张纪临元人《宋太宗强幸小周后》粉本（即水粉画），后戴花冠，两足穿红袜，袜仅至半胫耳。裸身凭五侍女，两人承腋，两人承股，一人拥背后，身在空际。太宗以身当后。后闭目转头，以手拒太宗颊。"

这个曾经的国君，这个被誉为"词中之帝"的李煜，终究是连自己的女人也无法保护。

不久之后的一天，宋太宗派南唐旧臣徐铉看望李煜，李煜对徐铉态度非常冷淡，坐下也不说话，这是因为当初徐铉和张洎在后主面前排斥潘佑和李平，说了些潘李的危险举动，李煜胆小，便先将二人打入牢狱，二人于是愤而自尽。李煜对此一直深深自责，过了很长时间他才叹息说:"当初我错杀潘佑、李平,悔之不已!"徐铉立即告辞回去,将情形如实报告给了宋太宗。宋太宗这时已是决定杀李煜了。

公元978年的乞巧节,是李煜42岁生辰。大家在庭院中张灯结彩,摆上酒食瓜果,为李煜拜寿。酒过三巡,朦胧的月色勾起了沦落异乡、备受凌辱的昔日帝王诸多回忆,他先填了一阕《忆江南》:

多少恨!昨夜梦魂中,还记旧时游上苑,车如流水马如龙。花月正春风。

他想起自己的国家和子民,想起曾经的帝王生活,想起大周后,想到自己和小周后的屈辱:故国与佳人早已物是人非,巨大的愁恨,如春潮般一样向他涌来,他决定再填一阕感旧词:

春花秋月何时了,往事知多少。小楼昨夜又东风,故国不堪回首月明中。
雕栏玉砌应犹在,只是朱颜改。问君能有几多愁,恰似一江春水向东流。

这首词史上最感人、成就最高的千古绝唱《虞美人》于是诞生了。自此之后，无数人为这首词倾倒。宋太宗是不能再留他了，"故国"？"不堪回首"？分明就是想造反，于是李煜被灌下了牵机药，这是一种毒性十分强烈的药，李煜服了以后全身抽搐，痛苦死去。

李煜死后，小周后也追随李煜而去，据说，她抑郁而终年仅29岁。

萧 燕 燕

许多人记得评书《杨家将》里大名鼎鼎的萧太后。她的大名,在10世纪末,大宋太宗听了都心慌。萧太后何许人?她名萧绰,小字燕燕,生于南京析津府(今北京平谷区),辽国重臣萧思温之女。在辽国历史上,萧姓是仅次于国姓耶律的第二大姓。辽太祖因追慕汉高祖刘邦与萧何的君臣情谊,故将有开国之功的拔里氏赐姓"萧",并规定耶律氏与萧氏代代通婚,萧氏遂成为辽国的权贵势力。

萧绰从小聪明伶俐,办事利索,对任何事情都有种不达目的不罢休的劲头,在一些琐碎的小事上也不例外。有一次,萧绰与姐妹一起干家务活,其他姐妹草草收场了,唯独她还在仔细擦拭,把家里收拾得整整齐齐,萧思温赞许:"此女必成大事。"

萧思温足智多谋，工于计略，通晓百家史，曾任南京留守、兵马都总管。与其他契丹贵族相比，萧家是一个汉化程度较高的家族，与汉族大臣韩匡嗣交往密切。韩匡嗣之子韩德让英俊潇洒，文武双全。韩德让早就听说，论文才、武艺，萧家三女萧绰辽国第一。一次，韩德让随父亲前往萧家大帐，见到了箭袖戎装、楚楚动人的萧绰，他发现萧绰不仅文才武艺了得，容颜也是辽国第一。萧绰对这位公子也颇有好感，两人一见钟情。

应历十九年（969年），辽穆宗耶律璟带着萧思温等亲信大臣前往黑山（今内蒙古巴林右旗岗根苏木境）打猎。入夜，喝醉酒的耶律璟被近侍刺杀。萧思温在关键时刻拥立耶律璟的侄子耶律贤登上皇帝宝座，改元保宁，是为辽景宗。这一重大变故给萧思温带来了巨大的政治利益，不仅萧思温本人升官加爵，官至北院枢密使，兼北府宰相，集军政大权于一身，她的女儿，萧绰的命运也从此与众不同。

辽景宗也见过戎装打扮的萧绰，她的英侠之气曾令他爱慕不已。加上耶律氏与萧氏代代通婚的规定，继位之后，他很快想起这位貌美如花的女子，一道圣旨将她召进宫来，封为贵妃，不久加封皇后。就这样，萧绰和韩德让劳燕分飞。

嫁给辽景宗时,萧绰17岁,但她不甘心只做一个贤淑的皇后。此时,朝廷混乱不堪,辽景宗虽有雄心壮志,但无奈身体不好,风疾时常发作,每逢犯病,都由萧绰代他上朝处理国事,扭转契丹王朝命运的大任于是就这样落到了萧绰身上。

保宁八年(976年),耶律贤诏集史馆学士,命此后凡记录皇后之言,"亦称'朕'暨'予'",并"着为定式",将妻子的地位升到与自己等同的高度。在耶律贤的默许下,辽国的一切日常政务都由萧绰独立裁决。若有军国大事,她便召集大臣共商,所做出的最终决定,辽景宗也最多只是听听通报,表示"知道了"而已,不会做任何干预。在萧绰的努力下,辽国军事日渐强盛,政局经济也步入正轨。

乾亨四年(982年),35岁的耶律贤在出猎途中,于云州(今山西大同)焦山行宫病逝。临终时留下遗诏,命年仅12岁的耶律隆绪继位,同时让皇后暂领国政。这道遗诏无可争辩地将辽国交到了年仅29岁的萧绰手里,萧绰也从皇后变成了太后。

萧绰首先想到的是主少国疑,宗室亲王二百余人拥兵自重势力雄厚,局势易变。在重臣耶律斜轸和韩德让等人面前,她流着眼泪说:"母寡子弱,族属雄强,边防未靖，奈何？"众臣上前安慰并发下重誓："信任臣等，何虑之有！"

辽国和宋朝向来都有战争。雍熙三年（辽统和四年，986年），宋太宗认为辽圣宗年幼而萧太后摄政，以收复石敬瑭献给契丹的燕云十六州为由大举北伐。宋军兵分三路，东路攻幽州，中路攻蔚州，西路攻云州朔州，皆失败，宋太宗下令全线撤退。前文提到的杨家将杨业就战死于撤退时的"歧沟关之战"。在这场战斗中，本应到来的援军没有来，杨业对着将士们痛哭："你等各有父母妻子，不必与我同死，你们快逃吧。"但士兵都不肯离去。杨业遂率残军百余人，奋力再战，身上伤痕累累，还手刃数十人，因马受伤不能骑，被辽军抓住，儿子杨延玉战死，部将王贵战死，将士们几乎无一生还。杨业在被押赴辽途中，绝食三日而亡。杨业不是死在敌人的刀枪之下，而是死在自己人的手里，历史学家白寿彝认为，杨业死在别人的无知、冷漠和嫉妒中。

又过了将近20年，宋真宗景德元年（辽统和二十二年，1004年），萧太后以索要周世宗收复的关南三镇为名，大举伐宋。宋有大臣主张避敌南逃，因宰相寇准力劝，宋真宗才至澶州督战。宋军在澶州（河南濮阳）城下以八牛弩射杀辽统军萧挞凛。辽士气受挫，又因孤军深入，十分疲惫，加之后方宋袭击其后路。萧绰利用宋真宗急于求和的心态，与宋谈判，达成澶渊之盟：辽宋约为兄弟之国，宋每年送给辽岁币银10万两、绢20万匹，宋辽以白沟河为边界。

宋辽结束了多年争斗局面，进入了相对和平稳定时期。在之后的100多年里，双方互使共达380次之多，辽边地发生饥荒，宋朝也会派人在边境赈济，宋真宗崩逝消息传来，辽圣宗"集蕃汉大臣举哀，后妃以下皆为沾涕"。

萧太后在政治舞台上叱咤风云40多年，可以说，是她将辽带入鼎盛时期。统和二十七年，萧绰将大权还给儿子辽圣宗耶律隆绪。同年十二月，病逝于行宫，享年57岁。

关于萧太后和韩德让的爱情，史学界一直分歧很大。《契丹国志》记载俩人有暧昧关系，萧燕燕曾许婚韩德让，辽景宗死后，萧燕燕毒死韩德让原配李氏，下嫁韩德让。而之后的《辽史》却并无此类记载。

坚定俩人有关系的一派史学家认为，治国时下手无情、绝不手软的萧太后，对韩德让这位身份特殊的股肱之臣，表现出了与众不同的儿女情长。辽景宗去世后不久，萧绰就对韩德让吐露了多年的深情，她说："我从前曾与你有过婚约，现在皇上去世了，我愿与你重拾旧好，再续前缘。现在我儿子当了皇帝，他也就等于是你的儿子，愿你好生照看！"大概韩德让也没想到，当年的那个小女孩坐上太后之位后，仍然对自己旧情难忘。从此，韩德让更加忠心耿耿，而萧绰对他也是完全信任，让他总领禁军，管理首都防卫。

两个人没有瞒着任何人，出则同车，入则共帐，就连接见外国使臣的时候都不避忌。韩德让原配李氏辞世后的一天，萧绰一反从前在皇宫中宴请皇亲众臣的惯例，转而在韩德让的帐室中设宴，并厚赏群臣。所有人心知肚明，这就是萧太后下嫁韩德让的喜宴，从此以后，韩德让就是大辽国的太上皇了。

对于韩德让的"继父"身份，辽圣宗耶律隆绪不仅不反感，还对韩德让发自内心地尊敬。他每天都派两个弟弟去问候韩德让的饮食起居，而且让他们在离韩德让寝帐二里以外的地方就下车步行；韩德让如果离京外出返回，两位亲王也要去迎接问安。辽圣宗本人去见韩德让时，礼节上也是不含糊：他会在50步以外的地方下车步行，韩德让虽然出帐迎接，辽圣宗却一定会先向他行礼，入帐后更是由韩德让高居上座，辽圣宗则是极为恭敬地向他执父子之礼。

不单礼节上做到了完备，辽圣宗还给予韩德让充分的实权：公元998年，韩德让被赐国姓耶律氏，改名为耶律隆运，封晋王，位在亲王之上。除了这些头衔，韩德让还任太保，兼政事令，总理南北二院枢密院事、拜大丞相，成为辽国权力最大的人物。而韩德让也没有辜负这样的恩宠与信任，终其一生，都对萧绰与辽国忠心不贰，从来没有利用特权做任何危害国家的事情，为辽的振兴发展可谓鞠躬尽瘁，死而后已。

在韩德让的帮助下，萧绰、辽圣宗对辽的制度和风俗进行了一系列大刀阔斧的改革。这些改革包括奖励农耕、倡导廉洁、治理冤狱、解放部分奴隶、重组部族……他们不但携手促进了辽从奴隶制向封建制的进一步转化，同时也改善了与宋之间的关系。

萧绰之死对晚年的韩德让来说是沉重的打击。他从此郁郁寡欢，一年后便重病不起，与世长辞，享年71岁。辽圣宗为他举行了隆重的葬礼，一切规制都与母亲萧绰一样，并随后将他安葬在母亲的身边。

我宁愿相信萧太后与韩德让，拥有与隋文帝、独孤伽罗一般的爱情，盼望每一对男人和女人，他们的降生，除了事业，就是为着对方而来。

李 清 照

李清照(1084—约1151),宋代女词人,号易安居士,济南章丘(今属山东济南)人,婉约词派代表,有"千古第一才女"之称。

李清照的父亲李格非进士出身,是苏轼的学生,官至提点刑狱、礼部员外郎。母亲是名门闺秀,很有文学修养。李清照从小就生活在文学氛围十分浓厚的家庭里,耳濡目染,"自少年便有诗名,才力华赡,逼近前辈"(王灼《碧鸡漫志》),曾受到当时的文坛名家、苏轼的弟子晁补之的极力称赞。

少女时代的李清照生活在汴京,优雅的生活环境,京都的繁华景象,激发了李清照的创作热情,年纪轻轻便写出为后世广为传诵的著名词章《如梦令》:

昨夜雨疏风骤，浓睡不消残酒。试问卷帘人，却道海棠依旧。知否，知否？应是绿肥红瘦。

这首小令，有人物，有场景，有对白。宿酒醒后，她想到昨天风雨中的海棠花：花应该落了，叶子正是繁茂的时候，委婉地表达了惜花伤春之情。此词一问世，轰动了整个京师，"当时文士莫不击节称赏，未有能道之者"（《尧山堂外纪》卷五十四）。

而另一首《点绛唇》，却是写尽了少女纯情的神态：

蹴罢秋千，起来慵整纤纤手。露浓花瘦，薄汗轻衣透。

见客入来，袜刬金钗溜。和羞走，倚门回首，却把青梅嗅。

荡完秋千，架上绳索还在悠悠地晃动。女词人慵懒地搓着细嫩的手，香汗渗透了薄薄的衣衫。突然间进来一位客人，她猝不及防，顾不上穿鞋，抽身便走，连金钗也滑落下来。却又忍不住倚靠门回头看，装作是在闻青梅的香气。

客人是谁？词中没有描写。据学者康震研究，这个客人是李清照未来的丈夫赵明诚。词人才会走到门口，又强按心头的激动，回眸偷觑客人的风姿。为了掩饰自己的失态，她嗅着青梅，边嗅边看，娇羞怯怯，昵人无邪。

一个美丽妩媚的少女，一个官宦人家的千金，能写诗填词，已经再美妙不过了。令人惊叹的是，李清照不止于此。她关注时局，关注历史，借古讽今，像男人一样发表自己的见解。

发生在唐玄宗天宝年间的安史之乱是中国历史上的一个大事件，也是唐朝由盛而衰的转折点。公元761年（唐肃宗上元二年），元结撰写《大唐中兴颂》，简述安史之乱及对大唐中兴的畅想。之后又请大书法家颜真卿书刻于石崖之上，时人称之为摩崖碑。与李清照同时代的北宋诗人张耒（"苏门四学士"之一），作有《读中兴颂碑》，此诗出后，黄庭坚、潘大临等人皆有和诗，李清照也当即写出令人拍案叫绝的《和张文潜浯溪中兴颂》两首，其中一首：

五十年功如电扫，华清花柳咸阳草。五坊供奉斗鸡儿，酒肉堆中不知老。胡兵忽自天上来，逆胡亦是奸雄才。勤政楼前走胡马，珠翠踏尽香尘埃。何为出战辄披靡，传置荔枝多马死。尧功舜德本如天，安用区区纪文字。著碑铭德真陋哉，乃令神鬼磨山崖。子仪光弼不自猜，天心悔祸人心开。夏商有鉴当深戒，简策汗青今具在。君不见当时张说最多机，虽生已被姚崇卖。

这诗哪里像未出阁的少女之作？评议兴废，总结历史，嘲讽唐明皇，告诫宋朝统治者"夏商有鉴当深戒，简策汗青今具在"。李格非初读时，也是吃了一惊——他不曾想到自己的女儿能有这样的见识和气魄。

当时已是北宋中后期，统治阶级上层发生了剧烈党争。最初的斗争是由王安石派的变法和司马光派的反变法引起的。延续到后来，两派政治力量你上我下，互相倾轧，大起大落。而一旦执政以后，本派内部又迅速分裂。一个初涉世事的少女，能看懂这些，并能对国家社稷表达出如此深刻的关注和忧虑，不能不令世人刮目相看。

李家有女已长成。

戴着文坛才女光环的李清照，遇见了那个让她"倚门回首"又门当户对的翩翩少年赵明诚。那是1080年前的宋徽宗建中靖国元年（1101年），李清照18岁，太学生赵明诚21岁，他们在汴京成婚。据李清照在《金石录后序》中云："余建中辛巳，始归赵氏。"当时李清照之父做礼部员外郎，赵明诚之父做吏部侍郎，均为朝廷高级官吏。两人又情投意合，诗词唱和，羡煞旁人。赵明诚喜欢收集、研究金石字画，李清照就陪着他一起研究。

李清照和赵明诚两家虽都是朝廷高级官吏，但因"赵、李族寒，素贫俭"，所以，在太学读书的赵明诚，初一、十五告假回家与妻子团聚时，经常先到当铺典质几件衣物，换一点钱，然后步入热闹的相国寺市场，买回他们所喜爱的碑文，夫妇俩一起"相对展玩咀嚼"。两年后，赵明诚进入仕途。夫妇二人立下"穷遐方绝域，尽天下古文奇字之志"。赵家藏书虽然相当丰富，可是对于李清照、赵明诚来说，远远不够。他们便通过亲友故旧，想方设法把朝廷馆阁收藏的罕见珍本秘籍借来"尽力传写，浸觉有味，不能自已"。遇有名人书画，三代奇器，更不惜"脱衣市易"。然而，他们的力量毕竟有限。一次，有人拿了一幅南唐画家徐熙的《牡丹图》求售，索钱20万文。他们留在家中玩赏了两夜，爱不释手。但是，凑不够钱，只好归还了人家。为此，"夫妇相向惋怅者数日"。

新婚后的生活，虽不富裕，但高雅有趣。在《减字木兰花》中，李清照写道：

> 卖花担上，买得一枝春欲放。泪染轻匀，犹带彤霞晓露痕。
> 怕郎猜道，奴面不如花面好。云鬓斜簪，徒要教郎比并看。

这是在问丈夫，我与花，谁更好看啊？

大观二年（1108年），赵明诚远游，李清照思念丈夫，便写了首《醉花阴》寄给远方的丈夫，以诉相思之苦：

> 薄雾浓云愁永昼，瑞脑消金兽。佳节又重阳，玉枕纱厨，半夜凉初透。
> 东篱把酒黄昏后，有暗香盈袖。莫道不销魂，帘卷西风，人比黄花瘦。

赵明诚看到这首词后，被妻子的才华折服。但他不甘心，想作一首更好的出来压过妻子。他闭门三日不出，写出50首词，又将李清照的词夹杂其间，请友人点评，友人看来看去，说三句最好："莫道不销魂，帘卷西风，人比黄花瘦。"

李清照的词作，真挚的感情和完美的形式水乳交融，浑然一体。她不追求华丽的藻饰，而是提炼富有表现力的"寻常语度八音律"，用白描的手法来表现对周围事物的敏锐感触，刻画细腻、微妙的心理活动，表达丰富多样的感情体验，塑造鲜明、生动的艺术形象。这样的作品，赵明诚只能自叹不如。

李清照在回忆这段生活时说，我天性比较擅长强记，每餐饭后，夫妻俩坐在归来堂，烹茶品饮时，我们总是指着堆积的书卷，说某件事记载在某书某卷第几页第几行，两人以猜中与否来决定胜负，作为饮茶先后的依据。猜中的举起盛着茶的杯子，大笑不止，以至于茶都洒在了衣服与身上，反而喝不到茶。

要是就这样过完一生该多好！但是，命运让李清照的幸福戛然而止。

宋钦宗靖康二年、高宗建炎元年（1127年），李清照44岁。金人大举南侵，俘获宋徽宗、钦宗父子北去，史称"靖康之变"，北宋朝廷崩溃。宋高宗继位，仓皇南逃，北宋灭亡，南宋开始。

当时的李清照跟着丈夫赵明诚到江宁（位于南京），路上看着逃亡的黎民百姓、大臣军士，不禁感慨宋朝当时缺少的就是像王导、刘琨那样的贤相良将，才会在金兵的铁蹄下节节败退。她对宋王朝偏安一隅、苟且偷生失望到了极点，而令她更为不满的是丈夫赵明诚的行为。

1129年，赵明诚任江宁知府。御林统治官王毅发动兵变，幸好赵明诚属下早有准备，并没有造成太大影响。平叛成功后，属下去禀报，却找不到赵明诚。原来叛乱开始，听到风声的赵明诚就带着两个手下，趁着夜色，利用绳子，缒城而出，独自逃跑了。

临阵脱逃，赵明诚被朝廷革去职位，而知道丈夫行为的李清照是又愤怒又羞愧。

她跟着被罢官的丈夫前往江西，途经乌江，有人告诉她，这就是当年西楚霸王项羽自刎的地方。对比当今的南宋君臣、懦弱的丈夫，李清照感慨万千，于是写下霸气凛然的千古绝唱《夏日绝句》：

生当作人杰，死亦为鬼雄。
至今思项羽，不肯过江东。

她多希望南宋的君臣也好，自己的丈夫也好，能像项羽一样，宁可战死也不肯过江东啊。

更不幸的事情接着来了，恢复官职后的赵明诚不久便急病而亡。李清照完全失去依靠。她葬毕赵明诚，大病一场，差点丢了性命。

带着赵明诚遗留下的文物书籍，不得已，李清照继续南逃。一个人，带着一车车文物和书籍，沿着大宋皇帝逃跑的路线追赶——这个被才华宠爱的千古第一才女，怎么能承受？

可是，生活还要继续。

49岁时，居无定所、孤苦无依的李清照不得已嫁给了一个叫张汝舟的人。张汝舟是个伪君子，大概娶李清照，总是一件值得炫耀的事情吧，并且李清照身边的文物古籍也价值不菲。

结婚以后，张汝舟发现李清照的大部分文物古籍已经遗失，剩下的又被李清照视若生命，不肯相让。张汝舟原形毕露，时常对李清照拳脚相加。

骄傲了半生的李清照如何能够忍受这般屈辱？她要休夫。1000多年前的宋朝，守寡女子再嫁，已经是伤风败俗；休夫，更是天大的笑话。

那个时候，曾有人问理学鼻祖之一的程颐老先生："如果有孤儿寡母快饿死、冻死了，能改嫁吗？"程老先生回答："饿死，屁大点事。失节，才是天大的事。"

宋朝律令规定：女子要休夫，无论对错，都要坐牢三年。李清照宁愿坐牢三年，宁愿受世人讥笑，也要摆脱张汝舟。怎么摆脱张汝舟呢？李清照想起张汝舟得意时说起过他曾在科举考试中舞弊一事。李清照气急时告发了张汝舟欺君，同时要求解除婚约。结果张汝舟获罪下狱，李清照自己也进了监牢。好在有好友搭救，九天之后，李清照重获自由。

赵明诚虽有瑕疵，但没有了赵明诚的李清照注定要在痛苦中流浪。1134年，金人又一次南侵，皇帝赵构再次弃城而逃。李清照来到金华，这是她第二次流浪到这里。那一日，友人邀请李清照去附近的名胜双溪游玩，李清照哪里有心思游名胜？她独自漫步小院中，院子里的花已经凋谢了，院外小溪的流水也唱着悲伤的歌。她捧起溪水洗了手，回到案几边，铺纸、研墨，提笔写下《武陵春》：

风住尘香花已尽，日晚倦梳头。物是人非事事休，欲语泪先流。

闻说双溪春尚好，也拟泛轻舟。只恐双溪舴艋舟，载不动许多愁。

山河破碎，物是人非，居无定所，哪是一条船能装下的痛苦呢？李清照这时候的愁也早已不是"一种相思，两处闲愁"的情愁，而是国已破、家已亡的深愁，一条船如何载得动？

金华还有一处名胜，是因南北朝时沈约曾题《八咏诗》而得名的一座名楼。李清照曾在此避难，登楼遥望残破的半壁南国，李清照写下《题八咏楼》诗：

千古风流八咏楼，江山留与后人愁。
水通南国三千里，气压江城十四州。

这哪里像一个流浪中的女子所写啊：她悲叹宋室的软弱无能，江山就只能留与后人愁啊。

同是在金华这一年，李清照完成了《金石录后序》的写作。李清照作《金石录后序》之时，赵明诚已亡6载。与丈夫共同收藏的文物不是失于战火，就是遇贼遇盗，存之无十之二三。故李清照回忆往事百感交集，情不能禁，写下了这篇著名的"后序"。李清照还写过

《打马图经》并为之作《打马图经序》，又作《打马赋》。虽为游戏文字，却语涉时事。借谈论博弈之事，引用大量有关战马的典故和历史上抗恶杀敌的威武雄壮之举，热情地赞扬了桓温、谢安等忠臣良将的智勇，暗讽南宋统治者不识良才、不思抗金的庸碌无能。

已经渐入暮年的李清照没有孩子，没有亲人，独自一个人守着落寞的小院，等着春花开，等着知了叫，等着树叶落，等着风雪来，周而复始，偶尔也会有一位两位旧友来访，聊聊旧年的往事。

晚年时，李清照曾想将一生所学传授给邻居一位姓孙的小姑娘，没想到十岁的小姑娘却说："才藻非女子事也。"这不能怪孙姑娘有眼不识泰山，那个时代很多人都是这样的想法。

可怕的孤独与忧愁再次向她袭来，她蹒跚在落满黄花的小路上，吟出她一生苦楚，也是确立她在中国文学史上地位的《声声慢》：

> 寻寻觅觅，冷冷清清，凄凄惨惨戚戚。乍暖还寒时候，最难将息。三杯两盏淡酒，怎敌他、晚来风急！雁过也，正伤心，却是旧时相识。

满地黄花堆积，憔悴损，如今有谁堪摘？守着窗儿，独自怎生得黑！梧桐更兼细雨，到黄昏、点点滴滴。这次第，怎一个愁字了得！

李清照这一生，经历了表面繁华、危机四伏的北宋末年和动乱不已、偏安江左的南宋初年。她是中国古代罕见的才女，她擅长书、画，通晓金石，而尤精诗词。而她毕生用力最勤、成就最高、影响最大的则是词的创作。她的词作在艺术上达到了炉火纯青的境界，在词坛中独树一帜，并形成了自己独特的艺术风格——"易安体"。

国际天文学联合会1979年颁布了310座水星环形山的专有名称。中国有15位杰出文学艺术家的名字登上了水星环形山，蔡琰环形山是其中之一，李清照环形山也是其中之一。这两位才女在美丽的水星相遇，隔着岁月，面对辽阔的宇宙，她们说着三国的故事、大宋的故事，还是中华五千年的故事？她们写诗、填词，还是一遍又一遍从记忆里调动曾经的生活，划拳猜谜，或者是用焦尾琴，弹奏着一曲曲不能忘记的故事？

唐 琬

唐琬，越州山阴（今浙江省绍兴）人，郑州通判唐闳的独生女儿，祖父是北宋末年鸿胪少卿唐翊。唐琬模样俊俏，颇有才名，与年龄相仿的陆游情投意合。到了谈婚论嫁的年纪，陆家用一枚家传凤钗做信物，订下了唐琬这个媳妇。

陆游家世显赫，其父陆宰为临安知府，母亲为北宋宰相唐介的孙女。陆母最大的心愿，就是陆游能够考取功名，而唐琬能在家中相夫教子，做一个"本分"的好妻子。

洞房花烛后，两人沉醉在温柔世界里。陆母劝诫唐琬，让她以丈夫的科举前途为重，淡薄儿女情长。但两人仍情意缠绵，无以复顾。陆母不满，认为唐琬是陆家的扫帚星，会将儿子的前程耽误殆尽。

陆母去了郊区无量庵，请庵中尼姑妙因卜算儿子的命运。妙因一番掐算后，说："唐琬与陆游八字不合，先是予以误导，终必性命难保。"陆母闻言，强令陆游休弃唐琬。就这样，一对鸳鸯被八字拆开。陆游不忍就此与唐琬分别，悄悄另筑别院安置唐琬。纸包不住火，陆母很快察觉此事，严令二人断绝来往，并为陆游另娶王氏女为妻，彻底切断了陆、唐之间的悠悠情丝。

"孔雀东南飞"的悲剧再次上演。《孔雀东南飞》是东汉末年的乐府诗歌，记述了一对恩爱夫妻被母亲拆散，二人后来双双殉情的爱情故事。焦仲卿的妻子刘兰芝"十三能织素，十四学裁衣，十五弹箜篌，十六诵诗书"，嫁到陆家的唐琬，织素和裁衣大概是不需要参与的，至于诗书，从《钗头凤·世情薄》来看，绝对不虚才女之名。"十七为君妇，心中常苦悲"，相隔千年的刘兰芝和唐琬却发出"君家妇难为"的同样哀叹。

无奈之下，陆游只得收拾起不舍之情，在母亲督教下，重理科举课业。埋头苦读了三年，29岁时，陆游只身离开故乡山阴，前往临安参加"锁厅试"。陆游以扎实的经学功底和才气横溢的文思博得了考官陆阜的赏识，被荐为魁首。不巧的是，排在第二名的恰好是当朝宰相秦桧的孙子秦埙。第二年春天礼部会试时，秦桧借故将陆游的试卷剔除，使得陆游的仕途还未开始就遭遇挫折。

礼部会试失利，陆游回到家乡，睹物思人，心中倍感凄凉。为了排遣愁绪，在一个繁花盛开的春日，陆游漫步到禹迹寺的沈园。在园林深处的幽径上，迎面遇见前妻唐琬。我猜想，那一刹那，时光凝固了。愣了片刻，唐琬姗姗离去。

此时的唐琬，已由家人做主嫁给了赵士程，赵家系皇家后裔、门庭显赫，赵士程又是个宽厚重情的读书人，对曾经遭受情感挫折的唐琬，表现出了诚挚的同情与谅解。

与陆游的不期而遇，无疑将唐琬已经封闭的心灵重新打开。征得丈夫赵士程同意后，唐琬前去向陆游敬了一杯酒，欲说还休时，又转身离去。

看着唐琬的背影，陆游在粉墙之上奋笔写下《钗头凤》这首千古绝唱：

红酥手，黄縢酒，满城春色宫墙柳。东风恶，欢情薄，一怀愁绪，几年离索。错！错！错！

春如旧，人空瘦，泪痕红浥鲛绡透。桃花

落，闲池阁，山盟虽在，锦书难托。莫！莫！莫！

第二年，差不多同样的一个春日里，唐琬再次来到沈园，徘徊在曲径回廊之间，忽然瞥见陆游的这阕词。反复吟诵，往日历历在目。她泪流满面，心潮起伏，提笔和了一阕《钗头凤》：

世情薄，人情恶，雨送黄昏花易落。晓风干，泪痕残。欲笺心事，独语斜阑。难！难！难！

人成各，今非昨，病魂常似秋千索。角声寒，夜阑珊。怕人寻问，咽泪装欢。瞒！瞒！瞒！

唐琬再难以平静，悒郁成疾，没过多久便飘然而逝。

秦桧死后，朝中重新召用陆游，陆游奉命出任宁德县主簿，离开了故乡山阴。此时的陆游春风得意，他的文才颇受宋孝宗称赏，被赐进士出身。以后也仕途通畅，一直做到宝谟阁待制。这期间，他除了尽心为政外，还写下了大量反映忧国忧民思想的诗词。到75岁时，他上书告老，蒙赐金紫绶还乡。

陆游浪迹天涯数十年，他以为能忘记唐琬，然而离家越远，唐琬的影子就越萦绕在他的心头。他常在沈园幽径上踽踽独行，追忆深印在脑海中那惊鸿一瞥，写下《沈园》怀旧：

其一
城上斜阳画角哀，沈园非复旧池台。
伤心桥下春波绿，曾是惊鸿照影来。

其二
梦断香消四十年，沈园柳老不吹绵。
此身行作稽山土，犹吊遗踪一泫然。

又赋"梦游沈园"诗：

其一
路近城南已怕行，沈家园里更伤情。
香穿客袖梅花在，绿蘸寺桥春水生。

其二
城南小陌又逢春，只见梅花不见人。

玉骨久沉泉下土，墨痕犹锁壁间尘。

　　此后，沈园数度易主，昔日的风景已是"坏壁醉题尘漠漠"，唯有"断云幽梦事茫茫"。

　　85岁上春季的一天，陆游忽然感觉到身心爽适、轻快无比。原准备上山采药，却又因力不从心折往沈园。此时的沈园，经过一番整理，景物大致恢复旧观，陆游满怀深情地写下了最后一首沈园情诗：

　　沈家园里花如锦，半是当年识放翁。
　　也信美人终作土，不堪幽梦太匆匆。

　　此后不久，陆游溘然长逝。

　　梁启超说陆游是"千古男儿一放翁"，指的是陆游的爱国情怀。其实他对于感情，又何尝不是千古少有呢？鲁迅曾说"无情未必真豪杰"，只是，陆游所爱的人早早就离他而去，他所爱的国也始终支离破碎，但那也是他的家他的国啊！千年之后读他的作品，怎能不让人心潮起伏，潸然泪下？

　　《大戴礼记·本命》中载："妇有七去：不顺父母去，无子去，淫去，妒去，有恶疾去，多言去，窃盗去。"刘兰芝被休弃用的是第二条。《礼记·内则》中还规定:"子甚宜其妻,父母不悦,出。"焦母压制焦仲卿用的是孝顺这一条。唐琬与陆游又何尝不是《礼记》的受害者呢?"无子去"是刘兰芝和唐琬的共同问题,加上影响仕途,更注定了她们的悲情命运。

陆母不会想到,因休弃唐琬而导致了她早亡,尤其是,还有一种说法唐琬和陆游是表兄妹。如果她想到了陆游的"山盟虽在,锦书难托",唐琬的"怕人寻问,咽泪装欢",还会强迫陆游休妻另娶吗?

柳 如 是

1961年8月30日，陈寅恪静坐在房间内，时间已接近午夜12点，虽然目不能明、腿不能行，但其坐姿依旧端正，他正在等一个人，等一个阔别12年的挚友吴宓，他们是在哈佛一同留学的同窗，还是曾在清华大学国学研究院一同工作的同事。午夜将过，终于等来了吴宓，陈寅恪将其所著《论再生缘》油印本作为礼物赠送于吴宓。两人相谈甚欢，陈寅恪又向吴宓透露自己正在准备一部壮观大作的大纲，此作便是后来的《柳如是别传》。

《柳如是别传》80余万字，发表后，在学界引起巨大反响。在柳如是所处的年代，她的地位卑微，被满口仁义道德的士大夫所不齿，陈寅恪打破了以往历史叙述中的守旧观点，推陈出新，从另一个全新的视角去解读一代风尘女子柳如是的人生历程。

杨爱（柳如是），1618年出生，浙江嘉兴人，因家境贫寒，很小就被卖到松江盛泽镇归家院做婢女。归家院的掌门人叫徐佛，会操琴，擅画兰草。受徐佛熏陶，幼小的杨爱也能诗词，擅书画，才艺出众。1632年，杨爱被妻妾成群的周道登看中，把她收为最末一房小妾，第二年，15岁的杨爱被逐出周家，再次回到归家院，自号"影怜"，取自"明月愁心两相映，一支素影独堪怜"。之后，与陈子龙、宋辕文、李侍问等，先后交好。无奈，前有宋母反对，后有陈子龙原配张氏羞辱，几番浮沉，杨影怜改姓柳，名隐，自号"如是"，取自辛弃疾词《贺新郎》："我见青山多妩媚，料青山见我应如是。"

柳如是才貌绝世，善诗词书法，常与文人诗歌唱和，谈古论今。传世之作有《戊寅草》《柳如是诗》《尺续》等。录柳如是《金明池·咏寒柳》词一首：

有恨寒潮，无情残照，正是萧萧南浦。更吹起，霜条孤影，还记得，旧时飞絮。况晚来，烟浪斜阳，见行客，特地瘦腰如舞。总一种凄凉，十分憔悴，尚有燕台佳句。

春日酿成秋日雨。念畴昔风流，暗伤如许。纵饶有，绕堤画舸，冷落尽，水云犹故。忆从前，一点东风，几隔着重帘，眉儿愁苦。待约个梅魂，黄昏月淡，与伊深怜低语。

陈寅恪先生读过她的诗词后，"亦有瞠目结舌"之感，对柳如是的"清词丽句"十分敬佩。

柳如是毕竟不是寻常女子，她不会把人生理想全押在婚姻感情之上。崇祯七年（1634年），她有过一次嘉定之旅，那是一次愉快的旅程，在那里，聪慧美貌的柳如是受到了诗坛前辈的热烈欢迎，还打动了年已七旬的程孟阳老诗人。

柳如是是一个头脑清醒的人，她知道自己要什么和放弃什么。她想结识钱谦益。向钱谦益推荐柳如是的，是钱谦益的一位朱姓学生。

1582年，钱谦益出生于苏州府常熟县鹿苑奚浦，字受之，号牧斋，晚号蒙叟、东涧老人，也称他虞山先生。1610年，钱谦益考取一甲第三名进士，授翰林院编修。他少年得志，才华横溢，本想干出一番大事业来，然仕途坎坷。那个时候，钱谦益是晚明文坛领袖，礼部尚书。因为崇祯十一年（1638年）和十二年除夕，程孟阳老诗人都是在钱谦益家度过，但老诗人从未向钱谦益提起过柳如是，对此陈寅恪先生认为程老诗人私心忒重，不把柳如是介绍给钱谦益。

崇祯十三年冬，老诗人又来钱家过年，柳如是也来了。顾苓的《河东君小传》写下柳如是的神韵，说她"幅巾弓鞋，著男子服，口便给，神情洒落，有林下风"。老诗人没有心理准备，脸红一阵白一阵的赶紧收拾行李走人。陈寅恪评论程老诗人说，以垂死之年，无端招此烦恼，实亦取之有道也。

话说回来，在钱谦益还没有见到柳如是时，先被她的诗征服了：

> 垂杨小院绣帘东，莺阁残枝未思逢。大抵西泠寒食路，桃花得气美人中。

钱谦益对最后一句特别感冒，屡屡吟哦，齿颊留香，还写诗一首，将柳如是与另外一个才女草衣道人王微放在一块表扬："草衣家住断桥东，好句清如湖上风。近日西泠夸柳隐，桃花得气美人中。"

一首诗里表扬两个女人，可见钱谦益这时并没有什么想法，但柳如是留心记下了。清文学家钮琇著笔记小说《觚剩·河东君》记载："（柳）昌言于人曰，天下唯虞山钱学士始可言才，我非才如钱学士者不嫁。适宗伯丧偶，闻之大喜，曰：天下有怜才如此女子者耶？我亦非才如柳者不娶。"

多数男人的心眼里，关于女性的褒义词有这样一些：温柔、善良、贤淑、贞静、楚楚可怜……可钱谦益不一样，他欣赏的女性，无一不是个性彰显，才气飞扬，有"独立之精神，自由之思想"的。

崇祯十三年的这次相遇之后，钱谦益在其居住之半野堂之处以"如是我闻"之名另筑"我闻室"，以呼应柳如是之名。

崇祯十四年，柳如是嫁给钱谦益。钱谦益娶柳如是后，在虞山为她盖了"绛云楼"和"红豆馆"，金屋藏娇。钱谦益吩咐家人尊称柳如是为"夫人"，而自己则敬称她为"河东君"。敬爱她的同时，也给了柳如是充分自由。柳如是常身穿儒服，接待宾客，作诗填词，谈论国家大事，钱谦益因此称赏她为"柳儒士"。他们一同游黄山，柳如是作诗一首："旄心白水是前因，觑浴何曾许别人？煎得兰汤三百斛，与君携手被征尘。"钱谦益则回赠："试听同声山乐禽，何如交响频迦鸟。"佛经《正法念经》释频迦鸟为"如是美音,若天若人,紧那罗等无能及者,唯除如来妙音"。这是夸柳如是好听的声音。可见钱谦益爱惜柳如是的真心。钱谦益说:"雪色霏微侵白发,烛花依约恋红妆。"柳如是应和:"春前柳欲窥青眼,雪里山应想白头。"这些诗句到了众人嘴里却变成闺房戏语。柳如是问钱谦益爱她什么,钱谦益说:"我爱你白的面、黑的发啊!"钱谦益又问柳如是,柳如是说:"我爱你白的发、黑的面啊!"

崇祯十七年,崇祯帝自缢身亡,明亡。清军占领北京后,南京建成了弘光小朝廷,柳如是支持钱谦益当了南明的礼部尚书。不久清军南下,当兵临城下时,柳如是劝钱谦益与其一起投水殉国,钱谦益沉思无语,他试了试池子里的水,说:"水太冷,不能下。"柳如是很生气,说:"你当这是秦淮河啊?""奋身欲沉池水中",却给钱谦益硬拖住了。

由《柳如是别传》改编的影视剧《柳如是》这样演绎:

"我能想象,这朵花,也许是城破以后,南都最美的一朵花。如果我是一朵花,美过、炫目过、灿烂过，能够让时间在花开荼靡的那一瞬间停止……"柳如是说道。

钱谦益回："人生一世，草木一秋，枯荣自有天定。我们为什么要让时间停顿？花开一年又一年。不更好吗？"

柳如是提醒他："难道你想苟活？献城是为了百姓，殉国是为了自己的名声，只有这样才完美。"

钱谦益反问："那你呢？"

柳如是回："你殉国，我殉夫，天经地义。"

钱谦益道："我不想死，你也不要死。"

柳如是警示他："不死，就是千古的骂名。"

之后，钱谦益被清朝招安，柳如是留在南京。钱谦益做了清朝的礼部侍郎兼翰林学士，在柳如是的影响下，半年后便称病辞归。

顺治四年（1647年），钱谦益因黄毓祺反清案被捕入狱，顺治五年，柳如是四处奔走，在病中营救钱谦益出狱，并鼓励他与尚在抵抗的郑成功、张煌言、瞿式耜、魏耕等人联系。钱谦益降清，本应为后世所诟病，但因为有柳如是的义行，冲淡了人们对钱谦益的反感。

1649年，钱谦益、柳如是一起回到常熟。钱谦益表面上息影居家，暗中却与西南和东南海上反清复明势力联络。当时江南文化名士很多都是复社的或者是东林党的，那是明末的一种结社活动，声势非常浩大，柳如是是里面的活跃分子，不仅如此，她还卖掉自己的首饰，资助反清复明运动。这个曾经地位卑微、为士大夫所不齿的女子，陈寅恪在评价她在政治上的才气时引史料说："对如花之美女，听说剑之雄词。"文化名士傻了，政治见解上也不如她，文化上的见识也不一定如她。

康熙三年（1664年），钱谦益83岁高龄去世，葬于虞山南麓。柳如是操办完他的后事后，用缕帛结项自尽，享年47岁。死后，她未能与钱谦益合葬，反而被逐出钱家坟地。她的墓也在虞山脚下，上面刻着：河东君之墓。百步之外，钱谦益与原配夫人合葬在一起。

柳如是、钱谦益的故事结束了。

柳如是的一生，被卖作婢女，成为风尘女子，她却没有放弃自己。她努力作诗填词，学习书画，让自己成为才艺出众的人；她渴望爱情，但不会把人生理想全押在婚姻感情之上；她想结识钱谦益，就主动找上门去；钱谦益娶了她，不被士大夫理解，没有关系，她用行动证明她有比钱谦益更高明的地方；她卖了她的首饰，资助反清复明运动。她是一个女子，可是，大丈夫不一定比得上她。钱谦益死后，她安葬了他，但是，她敌不过钱家的势力，用缕帛结项结束了自己的生命。

"如果我是一朵花，美过、炫目过、灿烂过，能够让时间在花开荼蘼的那一瞬间停止……"

陈 圆 圆

5000多年中国文明史中，多数时间都是男人掌握方向盘，很少有女人改变历史的车轮。少有的几个，人们又往往把亡国的帽子或者是王朝衰落的帽子扣在她们身上，妲己、褒姒，还有杨贵妃等等，说她们是红颜祸水。这些"红颜祸水"中，"声甲天下之声，色甲天下之色"的陈圆圆是掀起波涛最大的那一个。

陈圆圆（1623—约1683），原姓邢，名沅，字圆圆，又字畹芬。出身货郎之家，母亲早亡，被姨夫收养，从姨父姓陈，居苏州桃花坞，秦淮八艳之一。秦淮八艳是明末清初江南地区南京秦淮河畔的八位才艺名伎。余怀的《板桥杂记》最早记录了顾横波、董小宛、卞玉京、李香君、寇白门、马湘兰六人，后人又加入了柳如是、陈圆圆，称为秦淮八艳。

陈圆圆自幼冰雪聪明,惊艳乡里。姨夫将她卖给苏州梨园,演弋阳腔戏剧。初登歌台,扮演《西厢记》中的红娘,每一登场,"观者为之魂断"。清代吴江邹枢评价:"演《西厢》,扮贴旦、红娘脚色,体态倾靡,说白便巧,曲尽萧寺当年情绪。"(《十美词纪》)

作为梨园女伎,陈圆圆难以摆脱以色事人的命运。她曾倾心邹枢,但江阴贡修龄之子贡若甫为陈圆圆赎了身,纳为妾,陈圆圆在贡家被正妻虐待,不堪忍受,想方设法摆脱了那段婚姻。

陈圆圆还与冒襄有过一段感情。冒襄,字辟疆,明末四公子之一,明末清初文学家,江苏如皋人,传世翰墨被后人敬若神品。崇祯十四年(1641年)春,冒襄省亲衡岳,途经苏州,经友人引荐,得会陈圆圆,冒辟疆在《影梅庵忆语》中,这样描述了与陈圆圆这段擦肩而过的爱情:"其人淡而韵,盈盈冉冉,衣椒茧,时背顾,湘裙,真如孤莺之在烟雾。"从背面看上去,陈圆圆身穿蚕丝材质上好的石榴裙,一身淡黄,恰似薄雾中的黄莺,让人心动。二人于是"申之以盟誓,重之以昏姻"。而冒辟疆却因丧乱,屡屡失约。

崇祯十五年仲春,陈圆圆被外戚田弘遇劫夺入京。胡介祉《茨村咏史新乐府》中说:"崇祯辛巳年,田贵妃父弘遇进香普陀，道过金阊，渔猎声妓，遂挟沅以归。"

陈圆圆入京后，成为田弘遇家乐伎。为了政治利益，相传田弘遇打算将陈圆圆献给崇祯皇帝。看到田弘遇身后的陈圆圆，见过无数国色天香的大明皇帝也顿时觉得有点晕。据《吴三桂演义》描述，田畹（即田弘遇）虽老，并不糊涂，很会讲话："此女雅善歌笙，并工诗画，超凡仙品。藩府不敢私有，特进诸皇上。"偏偏此时又有州府失陷的消息传来，崇祯立马没了心情，摇头叹息："此女诚佳人。但朕以国家多故，未尝一日开怀，故无及此。国丈老矣，请留殊色以娱暮年，可也。"

假若那一天，没有州府失陷的消息传来，陈圆圆被留下了，成了崇祯皇帝的皇妃，还会有吴三桂的"冲冠一怒为红颜"吗？

吴三桂出现了，他慕名来田府拜访。《吴三桂演义》中，吴三桂初见陈圆圆："圆圆细移莲步，轻款而出，向吴三桂深深一鞠。吴三桂一面举手相让，却移过身来看那圆圆，但见那生得：眼如秋水一泓，眉似春山八字。面不脂而桃花飞，腰不弯而杨柳舞。盘龙髻好，衬来雨鬓花香：落雁容娇，掷下半天风韵。衣衫飘舞，香风则习习怡人；裙带轻拖，响则叮叮入韵。低垂粉颈，羞态翩翩；乍启朱唇，娇声滴滴。若非洛水仙女下降，定疑巫山神女归来。"吴三桂感叹：闻名真是不如见面。

田弘遇看到吴三桂对陈圆圆非常倾慕，便将陈圆圆送给吴三桂做妾。

表面上看，陈圆圆是明清交替那段历史的花瓶，被你争过来我抢过去。但其实，她很有主见，也不乏计谋。周旋于崇祯皇帝、李自成、吴三桂几个举足轻重的男人之间，却能保护好自己，实在是太不容易的事情。

崇祯十七年，李自成攻占北京城。其手下大将刘宗敏掳走陈圆圆。本来，在大明灭亡以后，吴三桂镇守的山海关已是孤城一座，外面是清兵，里面是李自成的军队，总要投降一方的。吴三桂本已答应投降李自成，但一听说陈圆圆被刘宗敏占有，便愤怒地说："大丈夫不能保一女子，何面目见人耶！"（刘健《庭闻录》）气得掉头投降了清军，打开山海关让多尔衮领兵入关。

在吴三桂与清军的夹击下，李自成被围困在北京城里。无路可走的李自成斩杀吴三桂父亲吴襄及家属30余口，却单单留下了陈圆圆。逃到山西地界时，聪明的陈圆圆对李自成说：你带着我，跑到哪里，吴三桂肯定追到哪里,他不只是恨你才猛追的,还因为爱我,爱而不舍。

李自成也想脱身,就留给陈圆圆一支令箭。陈圆圆藏进一户农家,将李自成令箭挂在门外。果然,直到兵马过尽,也无人擅自闯入骚扰。陈圆圆就这样等到了追赶不迭的吴三桂,这样的等待与相遇也是令人唏嘘。

话说回来,没有陈圆圆,吴三桂真的就不会投靠多尔衮?旧主子倒台了,像他这样待价而沽的一方诸侯,必定要寻找新主子的,在李自成与多尔衮之间,他要选择一个更过硬的靠山。几经犹豫,最终把宝押在了多尔衮一方。报复李自成夺爱之仇,大概不过是挂在嘴上的理由。

陈圆圆大概本想着依靠如意郎君,或风花雪月或茶米油盐地安度一辈子,偏偏树欲静而风不止,被抛到风口浪尖,仿佛举手投足,都可能影响到历史天平的倾斜度。她哪能担得起这么重的责任?她爱吴三桂的时候,吴三桂还是大明王朝的顶梁柱呢,谁料之后却不仅替吴三桂背了降清的黑锅,也替明朝背了覆灭的黑锅。

吴三桂降清后,文人对之讽刺不绝,其中最著名的莫过于吴伟业(梅村)所写的《圆圆曲》。全诗将吴三桂、陈圆圆同吴王夫差、西施联系起来,委婉地谴责了吴三桂的叛变行为。其中矛头直指吴三桂的诗句:

尝闻倾国与倾城，翻使周郎受重名。

妻子岂应关大计，英雄无奈是多情。

全家白骨成灰土，一代红妆照汗青。

据说吴三桂曾出重金希望吴梅村删改上述诗句，却被吴梅村断然拒绝。

顺治五年（1648年），吴三桂进入云南。顺治十五年，吴三桂又占领了南明的昆明，并在城中建造了规模宏大的平西王府，陈圆圆也一起来到这里。

一直跟随吴三桂的陈圆圆，按理说应该是后半生衣食无忧、生活幸福了吧，可惜事实好像并非如此。女人与女人之间的争宠与斗争与男人的战争一样，被陷害与排挤的一方向来没有好的结果。关于陈圆圆的晚年生活和结局，我宁愿相信，她后来自请遁入空门，"布衣蔬食，礼佛以毕此生"。

冒辟疆评价："妇人以资质为主，色次之，碌碌双鬟，难其选也。慧心纨质，淡秀天然，平生所见，则独有圆圆尔。"（《影梅庵忆语》）美人的一生谢幕了，但时光过去了近400年，对"冲冠一怒为红颜"的演绎却从来没有停止过。对于陈圆圆来说，是幸运还是不幸？

董 鄂 妃

《红楼梦》中贾宝玉与林黛玉之间的那场为情而生、为情而死、为情出家的故事，不知使我们悄悄流了多少眼泪。他们闹别扭的时候、黛玉葬花的时候、在旧帕上题诗的时候、焚稿的时候，她哭，她流泪，然后，这株三生石畔的绛珠仙草"泪尽夭折"之后回"家"了。而"红学"中索隐派认为，贾宝玉与林黛玉，正是影射了清朝顺治帝与董鄂妃的爱情故事。

这段皇宫里演绎出来的真爱，令人无限神往也唏嘘不已。

1638年，皇太极迎来了他的第九个儿子，取名爱新觉罗·福临。福临6岁就被扶上了皇帝的宝座，他成了顺治皇帝。那个最高处的座位，在他人眼里简直耀目得不可直视，可在小福临眼里，却只是一个坐上去连腿都够不着地面的大座椅。他懵懵懂懂却只能在那个金灿灿的宝座上正襟危坐,看着面前一大堆不认识的大人向他行礼跪拜,听着他们义正词严地说着他听不懂的话。有时候,他们还会吵起来,逗得他想笑。但他不能笑,他不远处,坐着他的母亲,尊贵又有些严厉的皇太后——孝庄皇后。母亲在教他怎样做好一个皇帝,虽然他现在不懂,但他以后会懂的。

13岁时,顺治帝亲政。虽然年纪还小,但他已经在位7年了。这7年间,发生了许多事,但绝大部分都是太后帮他处理的,但现在他长大了,他要自己适应去做一个皇帝了。16岁那年,母亲为他娶了一位皇后。她是顺治幼年时多尔衮为他包办婚姻所娶的女人,科尔沁镇国公绰尔济之女博尔济吉特氏,太后的侄女。皇后是金枝玉叶,长得也漂亮,但顺治帝不喜欢她,再加上她好奢侈,嫉妒成性,顺治帝一当政,就以册立开始"与朕志意不协,分居三载;皇后之德,不足以担任一国之母"为由,降为了侧妃。皇后之位不可空缺。不久后,顺治帝娶了第二位皇后,还是博尔济吉特氏,母亲的侄孙女。他同样不喜欢这位新皇后,还挑剔她,说她虽然"秉心淳朴",然而却"乏长才"。只因这位皇后肯委曲求全,再加上有太后庇护,才没有被废。

连喜欢的女人都不能自己做主，拥有江山又如何？当上皇帝又如何？顺治帝想。

直到两年后，在太后的寿诞上，他遇到了董鄂氏。董鄂氏为满洲八旗著姓（满语中意思为一种生长在水边的美丽小草），清崇德四年（1639年）出生，满洲正白旗人，她的父亲鄂硕是正白旗的军官。顺治二年（1645年）以后，鄂硕随军南征，此后的五六年间，都在苏州、杭州、湖州一带驻扎，这使得子女们自幼受到江南汉族文化的影响和熏陶。董鄂氏又天资聪慧，好读史书，精书法，而且悟性极高。

她的才华在当时入关之初的满洲世家女中，可谓木秀于林。已经熟读经史子集的少年天子，觉得遇到了知音，他要以他的方式把最好的都给她：顺治十三年八月二十五日，董鄂氏被册为"贤妃"。按当时清朝后宫制度，初入宫中女子最初封号为较低级别的答应、常在、贵人等，而董鄂氏一入宫就是妃的级别。仅一月有余，同年九月二十八日，顺治以"敏慧端良、未有出董鄂氏之上者"为理由，晋封她为皇贵妃，这样的升迁速度，清代历史上十分罕见。十月，赏赐皇贵妃父母礼物，有金160两，银8000两，金茶筒1个，银筒1个，银盆1个，缎800匹，布1600匹，马16匹，鞍16副，甲胄

16副。十二月初六日，顺治还为董鄂氏举行了十分隆重的册妃典礼，更为董鄂氏颁诏大赦天下。

清朝近300年的历史上，因为册立皇后妃嫔而大赦天下的，这是绝无仅有的一次。这一年顺治19岁，董鄂氏18岁。中国第一历史档案馆中保存了册立董鄂氏为皇贵妃颁行天下的诏书。按常规，皇帝只有在册立皇后的大礼上，才会颁布诏书公告天下。董鄂氏享受到这种特殊礼遇，表明她得到了顺治帝不同寻常的宠爱。

董鄂妃"性孝敬，知大体，其于上下，能谦抑惠爱，不以贵自矜"，这是顺治帝对她的评价。史料上对于董鄂妃生前的记载并不多，只是说她多受宠爱而已。

更多的记载在董鄂妃死以后，顺治帝为她亲笔写下《孝献皇后行状》，洋洋洒洒4000字，细数了董鄂妃的嘉言懿行，洁品慧德。

董鄂妃时常陪在顺治帝身边。每日顺治下朝后，第一时间就会来找她。而她这时总是亲自将饮食安排妥当，斟酒劝饭、嘘寒问暖都是常事。有时顺治会批阅奏折到很晚，夜深时分，除了宫中值班的宫人，其他人基本上都已然进入了梦乡。董鄂妃总会端着汤茶，轻轻穿过浓重的夜色，劝他注意身体，然后便立在一旁安静地为他研墨，陪他度过疲倦的夜晚。有时奏折里有重要的内容，顺治草草看过就随手扔在一边，董鄂妃提醒他应该仔细看，不能忽视。每当顺治要她一同阅奏章时，她又连忙拜谢，并解释说：后宫不能干政。他们的真挚感情，并非卿卿我我的小夫妻，而在于理性地相互促进。每次顺治听翰林院的官员们讲课结束后，回到寝宫，董鄂妃一定会打听讲课的内容，顺治也十分乐意与她分享。董鄂妃时常劝诫顺治，处理政务要服人心，审判案件要慎重。连宫女太监犯错误时，董鄂妃也往往为他们说情。

宫中庶务也是董鄂妃来处理的。她严谨恪守宫中规矩，热心地辅助内务，殚精竭虑，无微不至，虽然位在皇后之下，但却是尽到了皇后的职责。她对待孝庄皇太后"伺颜色如子女，左右趋走，无异女侍"。顺治十四年冬，孝庄皇太后身体不适，那时皇后又久不去服侍，董鄂妃便前去朝夕侍奉，废寝忘食，在天坛为孝庄皇太后祈祷。侍奉孝惠章皇后更恪尽谦和，像对待母亲一样对待她，孝惠章皇后更是把她当作姐姐。顺治十五年正月，顺治帝以孝惠章皇后有违孝道，让群臣廷议废除孝惠章皇后之位，改立董鄂氏为皇后。董鄂氏原先不知道顺治帝要废皇后，知道后就"长跪顿首固请"，求顺治帝不可废孝惠章皇后之位。顺治十五年二月，孝惠章皇后因停用中宫笺表事件大病了一场，董鄂妃亲自照顾她，"五昼夜目不交睫"，时而为她诵读史书，或者谈些家常来解闷。

董鄂妃自己大约病了三年，虽然身体虚弱，却仍然勉励安慰顺治说："没有大碍，诸事仍然都很齐备。"顺治十四年，董鄂妃的父亲鄂硕去世，对此她的反应并没有异常悲痛，因为她正担心父亲会依仗她的身份在外面招摇生事，现在父亲去世了反而令她不必再牵挂。她的理智似乎不近人情。

也是在这一年，董鄂妃为顺治帝诞下皇子，这是他的第四个儿子，也就是皇四子。顺治帝欣喜若狂，颁诏天下"此乃朕第一子"，大有册封太子之意。可惜，天不遂人愿，这个孩子没有活过百日，便得了天花去世了，连名字都未取。

这对于身体本来就十分羸弱多病的董鄂妃来说，打击不可谓不大。顺治十七年八月十九日，绝代佳人董鄂妃香消玉殒，年仅22岁。临终前，董鄂妃还惦念秋决囚犯的生命，叮嘱顺治要自爱，葬礼"毋以华美"。

顺治对董鄂妃的宠爱并非一般人所想象的"独承雨露"，实际上皇帝同她经常"分床而居"，彼此如同老友一般，更多的是心灵上的沟通。董鄂妃的去世，使得顺治的命火虚弱到随时就能熄灭的程度。

他精神几乎崩溃,"寻死觅活,不顾一切。人们不得不昼夜看守着他,使他不得自杀"。他力排众议,为董鄂妃追谥孝献庄和至德宣仁温惠端敬皇后,举办清朝最隆重的皇后葬礼。

过度的悲伤、主持葬礼的疲惫以及失去挚爱的痛彻心扉都伤害了顺治帝本来就多病的身体。他万念俱灰,看破红尘,一心要放弃江山社稷,出家为僧,并让和尚溪森为他剃了头发。后来因为溪森的师傅玉林琇以烧死溪森为要挟,才逼顺治打消了出家的念头。

但这些还不足以表现顺治对爱妃的思念。实际上,董鄂妃死后,顺治就不再过问政事了,只是一个人吃斋念佛,过着和尚的生活,守着两个人的回忆。半年之后,正史中记载顺治帝死于天花,但外界多传闻他已到五台山出家。现在学者也有支持这一观点的,理由是康熙多次到五台山拜佛请愿。

产生于清乾隆时期的小说《红楼梦》,安排主人公贾宝玉在体弱多病的林黛玉被"风刀霜剑"夺去生命后,毅然出家当了和尚,灵感很可能就来源于顺治帝的出家执念。曹雪芹的祖母是康熙皇帝的乳母之一,曹雪芹童年时很可能听闻过顺治试图遁入佛门。曹雪芹听到的、看到的、经历的、积淀的，成就了这部经典巨著《红楼梦》，使得《红楼梦》里的人物、故事、情节、思想具有如此强的震撼力。

　　董鄂妃，林黛玉，性格不同的两位美女，成为现实生活中和虚构世界里，女性美的巅峰。年纪轻轻，又有完美的爱情，却早早离世，这确实是悲剧。不过，比起一生遇不见爱情，一生都被爱困惑的女子来说，她们是不是还算幸运？

后 记

汉字是典型的象形文字,但汉字中的"男""女"二字,并没有用男人或女人的第一性征和第二性征来造字,而是用他们在社会中的地位和作用造字。"男"字表述为在田里下力气干活的人,在甲骨文中则形象地表述一个在田里犁田的人,而"女"字则表述为一个胸脯饱满,正在俯首屈膝服侍人的人。根据造字者的本意,她正服侍着的那个看不见的人只能是个男人。

在此之前关于仓颉造字的解释说:掌握了绝对话语权的男人是通过文字给女人施下了一道魔咒,让女人心甘情愿地屈从于卑下的地位。

从上古时期的女神,到数千年后的如今,女性的地位起起伏伏。新中国成立以后,女性的地位开始逐渐上升,"男女平等"的理念被积极践行,"妇女能顶半边天"成为时尚，女性也在社会中发挥越来越重要的作用。

改革开放后，随着市场化改革的深入和现代文明基本理念的深入人心，中国女性开始摆脱传统的束缚，融入主流社会中。无论是在婚姻家庭中，还是在企业界、学术界和公共生活领域，女性都开始拥有越来越大的话语权，女科学家、女政治家、女企业家层出不穷，"她"力量已经被看见。

2022年2月25日